書下ろし

姫君道中

本所若さま悪人退治②

聖 龍人

目次

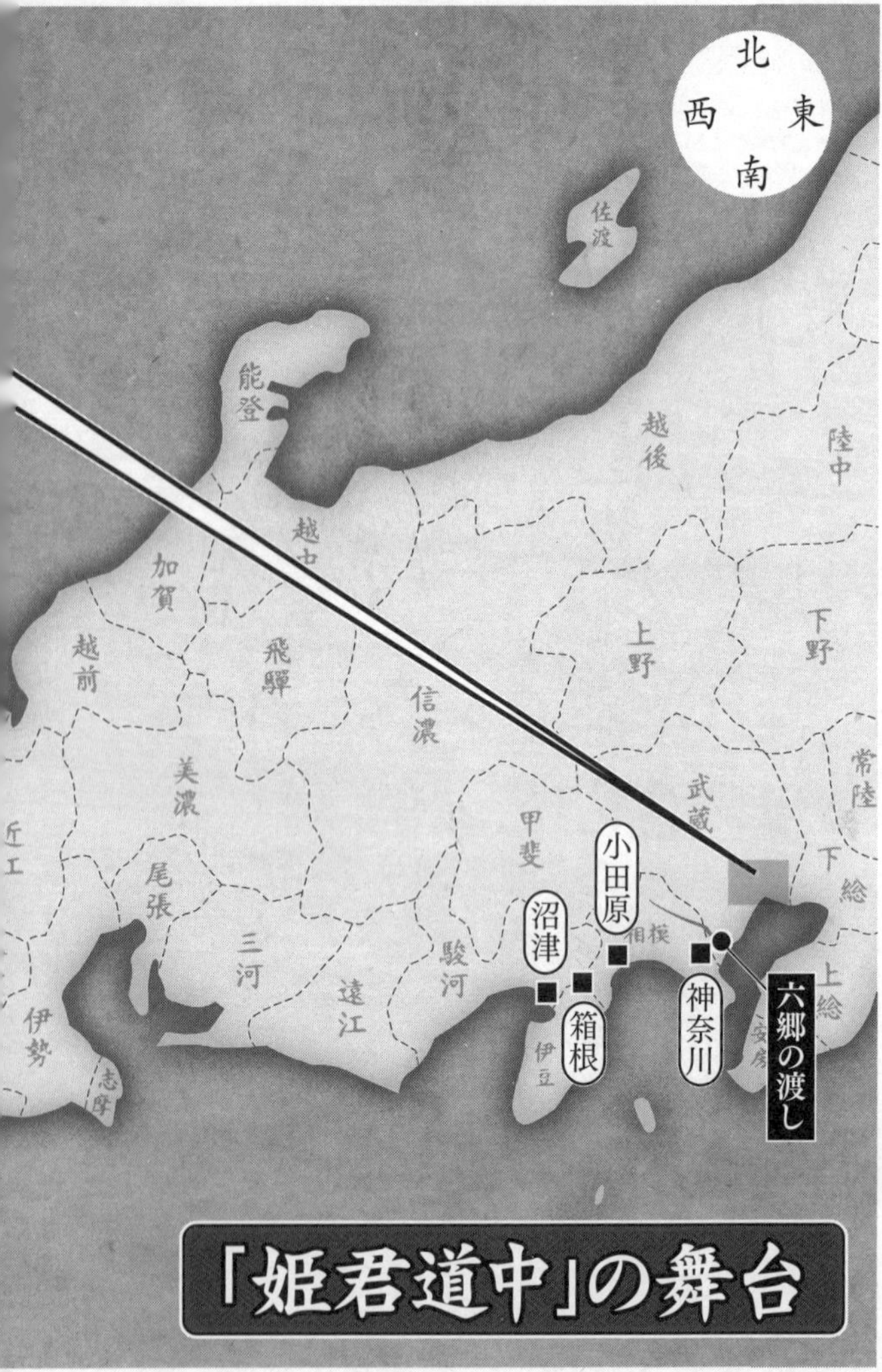
北
西
東
南
佐渡
能登
越後
陸中
越中
加賀
越前
飛驒
信濃
上野
下野
美濃
常陸
武蔵
甲斐
近江
尾張
下総
小田原
沼津
相模
三河
駿河
上総
神奈川
六郷の渡し
遠江
箱根
伊勢
伊豆
安房
志摩

「姫君道中」の舞台

隅田川
回向院
御竹蔵
料理屋『ひかり』
神保小路
両国橋
本所相生町
江戸城

長門
石見
安芸
備後
備中
美作
備前
但馬
播磨
丹後
丹波
大坂
摂津
周防
金毘羅さん
讃岐
丸亀
今治
淡路
和泉
河内
伊予
柳藩
土佐
阿波
紀伊

第一章　じゃじゃ馬姫

一

夜叉《やしゃ》の口が裂けたような三日月が見えていた。

しんしんと頰《ほお》を突き刺す秋の冷えが、そのあたりの気配《けはい》を不穏《ふおん》なものにしている。

常夜灯の明かりも、揺れている。

そのせいか、光が当たる場所がときどき陰になり、怪しさを醸《かも》し出している。

どこかから、犬の唸《うな》り声が聞こえてきた。

「なんですかねえ、いやな鳴き声ですぜ」

小弥太《こやた》が、首をすくめながらそばにいる白い顔が月夜にもはっきりしている侍に告げた。

この侍の名は、日之本源九郎《ひのもとげんくろう》という。じつはこの侍、現将軍、家斉《いえなり》公の落とし胤《だね》である。本所《ほんじょ》に屋敷をもらい、そこでつい半年前まで、庭で剣術の稽古《けいこ》にいそしみ、花を愛《め》で鳥の声を聞きながら無聊《ぶりょう》を慰《なぐさ》めていたのだった。だが、屋敷に出入りしている魚屋、仙太《せんた》の手引きで、ときどき江戸の町を出歩くようになったのである。

さらに、屋敷に戻るのは面倒だとばかりに、深川《ふかがわ》の二つ目橋に近いひかりという料理屋の二階に居候《いそうろう》を決め込んでしまった。

女将《おかみ》は友江《ともえ》といい、娘のお咲《さき》の紹介で小弥太と会っていた。

小弥太は、南町奉行の同心から手札をもらう岡っ引きである。

夜回りをするという小弥太に便乗して、源九郎も木戸が閉まる前の江戸の町を歩き回っているのである。

場所は、神田神保小路《かんだじんぼうこうじ》。本来なら縄張りの外なのだが、近頃この界隈《かいわい》におかしな黒《くろ》装束《しょうぞく》が出没している、という噂《うわさ》を確かめたいというのが、小弥太の気持ちだった。

神保小路には、武家屋敷が並んでいる。すぐ側《そば》には、鍋《なべ》町、下駄《げた》新道などがあり、そこは町家だから、庶民と武家が同居しているような場所だ。

かすかな三日月の光に、武家屋敷の黒い屋根と、海鼠塀《なまこべい》が不気味な影を落としている。

神保小路に入ってから、二度角を通り過ぎたときだった。

「きゃ！」

「待てぇ！」

女の悲鳴と男の野太い怒鳴り声が三日月の光を切り裂いた。

「なんです？」

小弥太が、思わず十手《じって》に手をかけた。

「ふむ」

声を聞いた源九郎はすでに走り出していた。

「あっちです！」

十歩程度進んでから、すぐ角を曲がった。

遠目に武家用の駕籠《かご》が止まっているのが見えた。

黒装束が数人で、駕籠を囲んでいる。

防戦しているのは、女ふたりのようだ。

ひとりは、腰元風の髷《まげ》を結って、懐《ふところ》から出したのだろうか懐剣を逆手《さかて》に持って、対峙《たいじ》している。

もうひとりは、駕籠から出たところなのだろう、屈んだままだった。

「源九郎の旦那……」

小弥太が心配そうに十手を取り出した。

「どうします？」

「助ける」

へぇ、といって小弥太が先に十手を振りかざしながら近づいていく。

源九郎は、さっきとはうって変わり助けるといったわりにはのんびりと進んでいった。

黒装束のひとりが小弥太と源九郎に気がついた。体をこちらに向けてから、

「怪我をするから離れていろ」

くぐもった声だった。

女ふたりを囲んでいる連中は、源九郎と小弥太をちらりと見ただけで、相手になろうとはしなかった。

統制が取れているらしい。

「ただの物取りではないらしい」

源九郎が、首領らしき男に声をかけた。

「なに？」

「ただの物取りなら、このように筋の通った囲み方はせぬ」

「よけいな詮索《せんさく》はせぬがいい」

「邪魔かな？」

「…………」

返事はない。

「ふむ。そうらしい。だがなぁ、女ふたりをこれだけの人数で囲んでいるようなところに出会って、そのままにしておけるほど柔《やわ》ではないでなぁ」

首領らしき男は、覆面の奥から覗《のぞ》く目をぎらつかせていたが、やがてちっと舌打ちが聞こえて、

「やれ」

くぐもった指示が下された。

駕籠を囲んでいたふたりが、小弥太と源九郎の前に進み出てきた。

「俺は、こういう者だ！」

十手を振りかざして小弥太が叫んだが、怯《ひる》むような敵ではない。

小弥太が体を捻《ひね》って、その場から逃げた。

すぐ、源九郎が前に出て、

「怪我をすると痛いぞ」

からかいの声をかけるが、敵は青眼《せいがん》に構えた形を崩そうとはしない。

「ほう……これは」

なかなかの腕だ、という声を飲みこんだ。言葉を発する前に、敵が斬り込んできたからだった。

がっ！　と地面を蹴る音とともに目の前の黒装束が、上段から斬り下ろしてきた。

おっと、といいながら源九郎は、体を躱《かわ》して、すぐさま鯉口《こいぐち》を切ると右に薙《な》ぎ、そのまま袈裟《けさ》に斬り下ろした。

その素早さに、敵はぐうという間もなくその場に倒れ、斬られた腕を押さえながら唸り声を上げている。

「おぬし……」

さきほどの男が、夜目にも目を見開いているのがわかった。

源九郎の剣さばきの鮮やかさに驚いているのだろう。それまで微動だにせずにいた体がかすかに揺らいだ。

「名を名乗れ」

「訊《き》かれて名乗るもおこがましいが……」

にこりとしながら、

「姓は日之本、名は源九郎。人呼んで天下の掃除人」

「なに？」

「悪人を退治するのだ。つまり悪の掃除をする、とまぁ、そんなところである」

「とぼけたことを」

「本気であるぞ」

首領らしき男は、手をさぁっと左右に振った。

それが合図だったらしい、駕籠を囲んでいた者たちは一斉に逃げの態勢に入った。

「今日のところは、見逃してやるが、今度会ったときはこのようにはいかぬぞ」

「楽しみであるなぁ」

「……散れ！」

その言葉で、黒装束は一斉に散り散りに走り去った。

「つけますかい？」

そばに寄ってきた小弥太は、十手をぐいとしごく。

よい、と源九郎は逃げていく連中の背中を見ながら答えた。

「へぇ」

駕籠を背にしたふたりの娘のうちひとりが源九郎のそばまで来た。

髪に挿《さ》している簪《かんざし》の揺れる音がちりんと鳴った。かすかに鬢付《びんつ》け油の香りが漂っている。

目が丸く、おっとりとした雰囲気《ふんいき》だが、鼻筋が通っているせいか、芯《しん》が強そうに感じられた。

「あぶないところ、ありがとうございました」

涼《すず》やかな声である。

ていねいにおじぎをする様は、かなり身分のある娘と思えた。

「私の名は、琴《こと》ともうします」

その名を聞いた源九郎は、ふと目を細めて、

「もしや……伊予松山《いよまつやま》……」

「はい、それ以上は……お許しください」

伊予松山といえば、親藩の久松松平家《ひさまつまつだいら》である。そこに琴というじゃじゃ馬な姫さまがいることは聞いていた。

ただし、正室の娘ではないためあまり世に知られてはいない。源九郎が知っているのは、以前、自分と似た境遇の姫がいると、深川の屋敷で聞いたことがあったからだ。その話をしてくれたのは、ときどき家斉からたまわる蔵米を運んでくる用人であった。

庭で剣術の稽古をしているとき、問わず語りに、用人、板垣平四郎《いたがきへいしろう》が語ってくれたのだった。

おそらくは、源九郎の境遇に同情した平四郎が、あちこちに同じような境遇で暮ら

している者たちがいるのだ、と教えてくれたのだろう。

幼き頃は、その理由を理解できずにいたのだが、いまでは平四郎の気持ちがありがたい。

伊予松山藩主は、松平讃岐守定通《さぬきのかみさだみち》。文化《ぶんか》十三年（一八一六）には、家斉の名代として日光東照宮《にっこうとうしょうぐう》の参拝を果たしたということもあり、家斉とは浅からぬ因縁もあった。

それだけに、源九郎は琴姫の話を覚えていたのである。

目の前にいる琴姫は二十歳《はたち》前だろう。二十四歳の源九郎が琴姫の存在を平四郎から伝え聞いたのは、一昔前のこと。十年の月日を経《へ》て、話に聞いた姫に巡りあったということに源九郎はなにかの因縁を感じていた。

二

どこかに隠れていたのだろう、駕籠を担いでいた六尺《ろくしゃく》ふたりが、おずおずとすぐそばの角から顔を向けている。

琴姫は、それに気がつき手招きする。

申し訳なさそうに、ふたりの六尺は腰を屈めながら近づいてきた。

小言をいうこともなく、駕籠はこのまま持って帰るようにと姫は伝えた。ふたりは、頭を下げ下げ、そのまま駕籠を担いで走り去った。

小弥太は、大名の姫さまと知って畏《おそ》れをなしたのだろう、少し離れたところでこちらを窺《うかが》っている。

「姫……」

源九郎が、静かに呼んだ。

はい、と琴姫が源九郎に目を向ける。

「なにやら仔細がありそうです。よかったらお聞きしましょう」

姫は、にこりとして、

「私もそのつもりでした、源九郎さま」

「おや、よくその名を」

「さきほどのやりとりを聞いておりましたから」

「油断のならぬ姫さまです」

その言葉に、ふたりはふと笑みを浮かべた。

姫は、お松《まつ》……と腰元を呼んだ。

道端に捨てられていた提灯《ちょうちん》を拾って火をつけると、お松が寄って来た。

「このあたりにどこぞ、いい料理屋などを知りませぬか？」

琴姫の問いに、

「さぁ……」

提灯で周囲を照らしながら、お松は首を傾《かし》げている。

あのぉ、と小弥太が後ろから声をかけた。どこか知っているという顔つきである。

「すぐそこに、あっしが知っている店があります。料理屋といってもそれほど大きな店ではありませんが、こぢんまりとしていい店です」

十手をちょいちょいと振りながら話していることに気がつき、小弥太はあっと小さく呟《つぶや》いて、すんませんと頭をかいた。

その仕種《しぐさ》がおかしかったのか、琴姫はにこりとしながら、

「そこに連れて行ってください」

「屋敷に戻らなくてよいのか」

つい、本所の屋敷にいるときと同じような若さま口調が出てしまい、源九郎は慌てる。だが、琴姫に気にする様子はない。むしろ、そのような語り口調が身についていると感じたらしい。

「源九郎さまは、どこぞのご大身《たいしん》でありますか？」

「あ、いや、姫さまに対する言葉遣いではありませんでした。失礼いたしました」

「なにやら、高貴なお方に見えます」

「そんなことはありません。ただの、一介の部屋住みです」

「……そうですか」

それ以上追及しても無駄と思ったのだろう。

「今日は、屋敷には戻りません」

凛《りん》とした琴姫の返答だった。

源九郎は琴姫の素性を知っているが、琴姫は源九郎の正体を知らない。

それでも、威張り散らした態度はなく、小弥太に対しても高飛車なところはなかった。

「では、あの……」

と琴姫は小弥太の顔を見続ける。その目はどう呼んだらいいのか、と問うている。

「あ、申し遅れました。あっしは、小弥太というけちな御用聞きです」

「そうですか。では、小弥太どの、その店へ連れて行ってください」

「へぇ、いえ、はい」

「そのように、畏《かしこ》まることはありません」

笑みを浮かべながら、琴姫はさぁ行きましょう、と促《うなが》した。

黒門構えの入り口だった。

秋雨でもくるのだろうか、かすかに湿った匂いが飛び石のある前庭から感じられた。

左右には、人の腰あたりまである草が茂っていた。

女中が小弥太の顔を見ると、すぐ二階に通された。

ぷんと新しい畳の香りに包まれた。床の間には秋の風に吹かれながら柳《やなぎ》の木の下で夕涼みをしている美人画が掛けられている。

六畳の部屋だが、調度などはない。

雨戸が閉まっているので外を見ることはできない。

上座に座った琴姫と対面する形で源九郎が腰を下ろした。小弥太とお松はその後ろに控えている。

料理はいらないという琴姫の言葉を小弥太が入ってきた女中に伝えて、お茶と菓子が運ばれてきた。小弥太は菓子を見てげんなりした顔をしている。お松は琴姫に耳打ちをして、部屋を出て行った。

「さて……」

源九郎が、姿勢を正す。

「話を聞きましょう」

はい、と琴姫も膝《ひざ》を揃《そろ》えなおす。

かすかに首を傾げて、琴姫は源九郎を見た。

どこから話そうかと悩んでいる雰囲気だ。

源九郎は、にこりと笑みを浮かべて、安心させながら、

「姫、どうしてあんなところにいたのです」

「はい……。あのそばに、私が密《ひそ》かに借りた屋敷があるのです。そこで待っている者と約束をしていたのです」

源九郎は、ふむと頷《うなず》き、

「それは、おだやかではありませんなぁ」

れっきとした藩の姫が、隠れ屋敷を持つなど、あまり考えられることではない。持ち主がばれたらすぐ噂になる。つまりは、ほかの者の名で借りているということなのだろう。しかもそこに家臣を待たせているとは、まともな話ではない。源九郎は小首を傾げて、

「そこへ行く途中に襲われたと？」

待たせているのは難波彦四郎《なんばひこしろう》という家臣だと琴姫は答えた。

「彦四郎は、江戸屋敷で一番の腕を持っています。一刀流《いっとう》の免許皆伝とか」

「一刀流……」

「あまり他言してもらいたくないのですが、いま、私に縁談が持ち上がっています」

「それは目出度《めでた》い」

「そうでもないのです」

琴姫は、じりっと膝を動かした。

「今治《いまばり》、柳藩《やなぎ》をご存知ですか？」

「……柳因幡守友広《いなばのかみともひろ》さま。一万二千石かな」

「はい、いまそこでお家騒動が起きようとしています」

その芽を摘《つ》みたいのだ、と琴姫はため息をついた。

「跡継ぎ問題……」

柳家は、今治三万五千石の支藩である。城も領地も持たない陣屋大名である。

「友広さまにはおふたりの若君がいます。兄の信利《のぶとし》さまは、十八歳。ご病気がちのせいか、家臣のなかにはまだ五歳とご幼少ですが、弟君の勝義《かつよし》さまを跡継ぎにしようと画策している者がいるのです」

「ありがちな話だが……」

「はい」

「それに……」

琴姫は、言葉を止めた。唇を噛《か》み締め手を握る。

「すべてを話してもらったほうがいいのですが……」

源九郎は、口元をほころばせながら、

「隠したいことがあるんですね」

「悩んでいます」

「お聞かせください。それによっては……」

助けることができるといいたいのだが、源九郎の身分は教えてはいない。ただの部屋住みが、大名の姫を助けるなどと簡単に口にできることではない。

だが、琴姫は源九郎の気持ちに気がついているらしい。じっと目を見つめて、

「助けていただけるなら、うれしく思います」

「であれば、隠し事は手助けの邪魔になるでしょう」

「わかりました」

琴姫は、ぎゅっと握った手を緩《ゆる》めた。

「穢《けが》らわしき話ですが……」

弟君の母親はお甲《こう》の方といい元は国家老、山之内源右衛門《やまのうちげんえもん》付きの腰元であったという。そこから、弟君の勝義は源右衛門とお甲さまの間に生まれた子ではないか、との疑いがあるというのだった。

「事実はわかりません。しかし、お甲の方は当然、ご自分がお産みになった勝義さまを跡継ぎとしたいのでしょう」

腕を組んだまま、源九郎はじっと聞いている。

「縁談の相手は兄の信利さまです。このままでは信利さまは廃嫡《はいちゃく》されてしまうかもしれません」

「どうしたらそれを防ぐことができると考えているのです?」

「それは……」

また琴姫は息を大きく吐いて、

「じつは、お甲の方と源右衛門の間で交わされた書簡があるのです」

「それは心強い」

「嘘です」

琴姫の唇が一度歪《ゆが》みかけて、笑みに変わった。

「……それは、また」

どういうことか、という言葉を源九郎は飲み込みながら、

「敵を欺《あざむ》こうというわけですか」

「じつは、お松の策なのです」

お松は、さきほど部屋から出て行ってまだ戻ってこない。

菓子を前にした小弥太は、仏頂面《ぶっちょうづら》をしたまま手をつけていない。琴姫も源九郎も同じだが理由は異なるだろう。

ちょうどそこに、お松が女中と一緒に部屋に戻ってきた。

女中はお盆にちろりと杯を載せていた。

それを見た小弥太は、腰を一度浮かし気味にしてから、慌てて座り直した。

わっははは、と大きな口を開いて、源九郎が大笑いを見せた。

「お松さんは、なかなか気が利《き》くらしい」

いきなり笑われて、お松はきょとんとしている。

「偽書簡の件です」

琴姫が、口元を押さえて頷いた。

「あぁ……」

得心顔をするお松に、

「それだけではない。小弥太の膨《ふく》れっ面をみて、酒を頼んでくるなど、なかなか観察眼も鋭《するど》そうだ」

源九郎は、拍手でもしそうなほど喜んでいる。

「お甲の方と源右衛門の間で交わされた書簡があるのは事実なのですね」

「おそらく……」

柳藩出身のお松がふたりの間で文が交わされているという噂を何度も聞いたというのであった。

それはあながち根も葉もないこととはいえまいなぁ、と源九郎は答えた。ふたりの間に怪しい関係はなくても、弟君を跡継ぎにしたい、というお甲の方の気持ちを伝えるためには、文を交わして連絡を取り合っても、おかしくはない。

「敵側はやましいことがあるから、こちらの策に乗ってきたのだと思います」

「ははぁ、さきほど襲われていたのは、その書簡を取り戻そうとした敵側の焦《あせ》りということですか」

「私はそう見ております」

「なるほど、それで疑問が解けてきました」

源九郎は、頷きながら琴姫の顔をじっと見つめる。

琴姫と目が合った。

と、ふたりの間になにやら不思議な空気が生まれて、お松が首を傾げた。小弥太もなにやら尻をもぞもぞさせている。源九郎が女に懸想でもしていそうな目つきをしたのを見たのは初めてだからだ。

だが、ふたりの表情はすぐ元に戻った。

「源九郎さま……」

「………」

「手をお貸しいただけますか?」

「もちろん、といいたいところですが」

「はい?」

「姫には勝算がおありですか?」

「国家老に悪巧みを認めさせるのが目的です。柳藩は小藩です。私が今治に向かい、直接父上の言葉を伝えることができたら、ひとつの解決策になるのではないかと思っているのですが」

「お父上といえば、松平讃岐守どの……」

「はい」

なるほど、と源九郎は得心顔を見せた。

伊予松山、松平家と今治の支藩である柳家とでは格式が違いすぎる。格上である松平家からの申し出となればこれを無視するのは難しい。

そうなると、国家老の山之内源右衛門としてもあまり表立った動きをすることはできなくなるだろう。

たとえ、後ろにお甲の方さまがいたとしてもである。

「讃岐守殿から今治柳藩への書簡でも預かっているということでしょうか」

源九郎が訊いた。

「いえ、それはありません。もしそのような後継者争いがあると知ったら、破談になってしまいます」

「なるほど」

公儀にその話が筒抜けになってしまったら、お家断絶になる可能性もないとは限らない。讃岐守が知ったらそのような家に嫁がせる気が失《う》せるのは当然のことだろう。

琴姫はその格式を盾にして国家老を抑えこむつもりなのだ。

といっても、それだけで源右衛門が畏《おそ》れ入るとは限らない。そこで、嘘の書簡をでっち上げたということなのだろう。そのような嘘まででっちあげて危険に身を投じようとするとは、聞きしに勝る姫である。

しかし、源九郎は、そんな嘘に敵がまんまと引っかかるとは思えなかった。もしかすると本当に盗まれたのではないか？　そう予測したが、口には出さなかった。真のことはまだわからないからだ。

また、琴姫は自分が今治に行こうと決心したのには、ほかにも理由がある、という。

「信利さまは、ぼんくらという噂です。それを確かめたい。そんな方が私の縁談相手とは許せません！」

姫の頬が膨れた。それを見て源九郎は内心、なるほどじゃじゃ馬姫、と笑っている。だが、姫はすぐ厳粛《げんしゅく》な面に戻して、

「それともうひとつ、領地の民たちが、苦労をしているという話を聞いたからです」

「それは、どんなことですか」

「国家老の懐刀《ふところがたな》といわれる者が、政《まつりごと》すべてを取り仕切っていたようなのですが、ここ五年前からご政道を曲げ始めた、というのです」

いきなり税を上げて、民たちを疲弊《ひへい》させている。さらに百姓同士の土地争いをまとめるときにも、不公平なことをやりだした。賂《まいない》を出したほうに対しては寛大な裁きをして、それができない者には、重い刑を与える。

「公平さに欠けたその仕儀に、民たちは不平を漏らしているとのことです。そんな不届きな行ないを始めたのが五年前から、という話でした」

「五年前といえば……」

「はい、弟君が生まれた年です」

「それの関わりを知りたいと？」

「できるかどうかはわかりませんが、まずは領地の民たちの平穏を取り戻してあげたいのです」

目を微《かす》かに逸らし、唇を噛み締めている。

「姫……まだ気持ちの奥に刺さった骨がありそうな気がしますが？」

ごくりと唾《つば》を飲み込んだ琴姫は、なにかいいかけてから、

「そんなことはありません。私の力で領民を助けてあげることができないか、と思っただけです」

そういうと、少しだけ悔しそうな顔になった。源九郎はそれを見なかったものとし

て、

「火中の栗を拾いに行きたいというお気持ち、感服いたしました。そこまで姫が考えているなら、お手伝いしましょう」

小さく頷いた。

ふたりは翌日、日本橋《にほんばし》での待ち合わせを決めて、別れた。

三

屋敷の外では、稲穂が黄金色に輝いていた。

だが、座敷に集まった三人には、そのような景色を楽しむ余裕はなかった。

欄間《らんま》は透かし彫りになっていて、龍と一緒に不死鳥と思える鳥が羽を広げて飛ぶ姿が描かれている。

茶室であった。

「よいか……」

茶釜に水を足しながら、中年の侍が控えている男女に向かって目を細めた。

渋茶の羽織には、違い鷹《たか》の羽の紋所が映えている。

外から、小川が流れるような音が聞こえる。

茶室の前庭に作られた、小さな流れの音だ。

ときどき、鹿威《ししおど》しのカンという音が、間を空《あ》けながら聞こえてくる。

静かなのである。

だが、部屋は不思議な熱に包まれていた。

「私がですか？」

女が目を丸くしている。

「そうだ。お前のその体が必要なのだ」

「しかし」

「心配はいらぬ、警護はつける。近くからお前の動きはしっかり見ておる。いざというときには、そやつらがなんとかしてくれるはずだ」

女は、二十歳前後だろうか。普通の女よりは、背丈が高いだろう。そのためか座っていても、その存在感は一緒にいる男よりも、大きかった。

「私になにができるでしょう？」

「近づくだけでよい。それでなにか新しい動きがあれば、それを報告するだけでよいのだ。先日、一度配下の者たちに襲わせたのだが、よけいな邪魔が入って逃げられてしまったのだ」

　そこで一度言葉を切って、ふたりをねめつける。

「お屋敷に放っている密偵から、あの者たちは今治へ向かうらしい、という伝達がきておる。そこでお前たちの出番なのだ」

「しかし……」

　女は、目を伏せた。だが、中年の侍は続ける。

「国許の城下にときどき来る女剣劇の一座を知っておるな」

「はい」

「その者たちが、いまこの江戸屋敷に逗留している。一緒に、姫に近づけ」

「………」

「姫たちが国許へ向かうのを阻止する手だては講じてあるのだが、それがうまくいくかどうかはわからぬ。お前たちはその二の手とする。二手で計画を推し進めることにする。もし、一の手がうまくいったらこの話は終わりとする」

「役目は？」

　女の言葉に力はない。一応、訊いてみたという風情だった。

「そんなことが簡単にできますか？」

「策は授けてある」

どう答えたらいいのか、女はわからぬらしい。唇をぎゅっと締めて、返答ができずにいるようだった。

「次は……お前だ。どうだ江戸は。国許とは違って賑《にぎ》やかであろう?」

男は、茶筅《ちゃせん》を取ってから控えている若侍に目を向けた。

「はい……」

頬にはまだ幼さが残っている。二十歳前かせいぜい一、二歳過ぎたくらいであろう。緊張のせいか、肩が上下し唇がかすかに震えている。

「ならば、お前は姉とうまく連絡を取るのだ。おそらく一緒に旅に出るはずだ。一座の者たちと付かず離れず進んで、機会があったら近づけ」

「しかし」

「お前も、腰が引けているのか?」

「いえ、そうではありませんが……」

「では、なんだ」

じろりと睨まれて、若侍は顔を伏せた。

「姉が敵対するほうに付いているからなのだな?」

「いえ、それはなんとか」

「なると申すか」

はい、という答えが出てこない。

「それでは、困るのだ」

「はい」

「お前たちはどうなりたいのだ」

「あの……」

女が身じろいだ。若侍へ目線を送ろうとして中止する。その仕種には、半分諦《あきら》めのような匂いが生まれ始めていた。

「わかりました」

抑揚のない声であった。

「ようやくその気になったか」

「約束していただければ……」

女は若侍へ目線を送った。

だが、若侍のほうはその目に気がついていなかった。畳をじっと見つめていたからである。

女よりもこの若侍のほうが逡巡《しゅんじゅん》は深そうである。

そんな気持ちをわかっているとでもいいたそうに、そっと手を伸ばして若侍の膝に触れた。

「あ……」

気がついた若侍は、息を吐きながら、女と目を交差させた。

なにかいいかけたが、ふと気になったのか茶筅を動かしている男に目を向けた。よけいな言葉を吐くと言質《げんち》でも取られると思っているような怯《おび》えた瞳だった。

「どうする？」

最後通牒《つうちょう》のようであった。

「はい、やります」

「……ふ。そうか、ならば早いほうがよいな」

男は茶筅を止めると、若侍の前に湾曲した茶碗を置いた。

織部《おりべ》である。曲者の印象を与える織部はこの男が好んで使う茶器であった。

若い男女は、深くため息をついている……。

琴姫を助けるために四国まで行く決心をした源九郎は、翌日すぐに、居候中のひかりの主人、友江と娘のお咲にその旨《むね》を伝えた。もちろん琴姫のことは伏せている。ふたりにはただ旅に出ることになった、と伝えただけである。

だがそんな言葉に、はいそうですかと答えるようなふたりではない。裏になにか理由があるはずだといってきかない。

源九郎が本当にただの物見遊山《ものみゆさん》であり、四国は金毘羅《こんぴら》様にご神刀を奉納に行くのだ、と答えると、

「ご神刀とはどんなものです」

お咲は得心がいかないと詰めてくる。

「ご神刀は、ご神刀である。滅却《めっきゃく》すれば火もまた涼し、の心頭ではないぞ」

「ふざけないでください。誰に頼まれての旅なのです。そのご神刀とはどちらさまがお持ちなのです」

「うむ、それはな。あるやんごとなきお方の持ち物であるゆえ、名前を出すわけにはいかぬのだ」

「そんな嘘臭い話を信じると思いますか?」

ふたりの表情は、いまや女夜叉《やしゃ》である。特にお咲は手厳しい。

「そういわれてもなぁ、本当のことだから仕方がない」

「嘘ですね」

「私はいままで嘘などいったことはないぞ」

「すでにそれが嘘ではありませんか」

すったもんだの末、仕方ないという顔で、源九郎は声を落として、

「何度もいうが、ある身分のある人に頼まれて行くのだ。その人の名は出せないからこらえてくれ」

普段は白い顔をおっとりさせているのだが、このときばかりは真剣な目つきでふたりを見つめた。

もともと威厳のある源九郎である、このように真面目な顔をすると、そこいらの侍とはできが違う、鋭さが違う、品格が違う。

ぐいと真剣な顔を前に突き出されて、友江とお咲はようやく頷いたのであった。

ただし、ひとりで行くのではない、供を連れて行くと告げた。

「私ですか？」

さっそくお咲がにじり寄る。

「女は連れていけない、金毘羅様だ」

「あら、そんな話は聞いたことがありません」

膨《ふく》れっ面《つら》をしながらお咲は源九郎を糾弾《きゅうだん》する。

「女を連れていけない理由があるのですね」

女は鋭いものだ、と内心舌を巻きながら、

「いやいや、そのようなことではない。危険が伴うし、命のやり取りになるかもしれぬのだ。だからこの小弥太を連れて行く」

「どのくらいの旅になるのです？」

友江が心底心配という目つきで訊いてきた。すでに目が潤《うる》んでいる。

「さてなぁ。十日になるか二十日になるかそれはいまのところ、はっきりしておらぬのだ」

「そんなに……」

「なに、たいしたことではないから心配はいらぬ。文も出すわけにはいかぬのだが」

これ以上話をしていても埒《らち》が明かぬ、と源九郎は横にいる小弥太に旅の用意をしてまいれ、と命じた。小弥太の住まいは店の目と鼻の先である。

さっと立ち上がった小弥太は、すぐ戻ってきますといって店から走り去った。

源九郎も自分の部屋に戻っていった。

残された母子は深くため息をついている。

それから一刻（二時間）後。

琴姫は日本橋の欄干《らんかん》の前に立って待っていた。

お松と能面のような顔つきの侍が一緒だった。

琴姫は、侍を源九郎に紹介した。

「この者が番方、難波彦四郎です。私の幼き頃からの側近です。四国行きに警護としてついてきてもらいます」

一刀流の免許皆伝の腕があるから、警護としての力になる、というのだった。

お互い挨拶《あいさつ》を交わしながら、彦四郎は源九郎の目をじっと見つめてきた。その眼光は鋭く、心の奥底を探るようだ。

「いやいや、これはこれは、よろしく、よろしく」

その一方、源九郎はいつものごとくいたって屈託のない顔つきでかすかに頭を下げる。

対照的なふたりの態度に、小弥太は吹き出しそうになっている。

旅は七つ（午前四時）立ちと相場が決まっているのだが、いまは、すでに午《うま》の刻（正午）になろうとしている頃合い。

いまからではそれほど遠くへ行くことはできないだろう。

「急ぐ旅ではない。ゆるり、ゆるりと」

琴姫はその源九郎の言葉に、きっと目を吊《つ》り上げて、

「そうはいきません、今治ではどこまで敵方が力をつけているのか、それもわからない状況です。一刻も早く発《た》たねば」

「なるほど」

頷《うなず》いてはいるが、源九郎の顔に緊張感は見られない。

そんな源九郎の態度に彦四郎は、いらいらさせられているらしい。

「そう、いらいらするな、見ろあの空を、あの雲を」

指差した空に、雲が浮かんでいる。

「このようなときこそ、あの雲のように、フワフワと流れるがごとく、泰然自若《たいぜんじじゃく》としておらねばならぬ」

「しかし」

否定しようとした彦四郎を、ぱっと掌を広げて制し、

「慌てる乞食は貰《もら》いが少ない」

ふふふと含み笑いをする源九郎である。

そのとき、空を漂っていた鳶《とび》がぴーと鳴いた。

日本橋の欄干には擬宝珠《ぎぼし》が付いている。

江戸の橋で擬宝珠が飾られているのは、ほかには京橋《きょうばし》と新橋《しんばし》だけである。

その頭を撫《な》でながら、源九郎は日本橋川の流れをじっと見つめ始める。

「なにをしているのです、早く出立しましょうや」

懐に十手を隠し持ちながら小弥太が声をかける。

「流れは変わらぬなぁ」

「はぁ？」

「だがな、変わることもある」

「へぇ」

「同じ流れが延々と続きそうだが、突然嵐のような事件に巻き込まれる。この川のごとくな。雨が降れば水量が増え、乾けば干上がる。人の世とはこうしたものだ」

「まぁ、そうでしょうねぇ」

「だからな」

「なんです？」

「……面白いのだ」

「さいですかい」

「そんなことを考えていたのですか？」

琴姫がそばに近づき、にこりと笑いながら言った。

「いや、まったく別のことを考えていた」

「あら」

「姫はどうしてそのように美しいのか、それが謎だと思うておった」

「ご冗談はおやめください」

そうはいいながらも、にこりと笑みを浮かべる。

「ほらほら、それである。そのくらいの余裕のある顔でおらねば、これからどんな事件に巻き込まれるやもしれぬのだ、最初から心張り棒のごとく硬い顔をしていては、いざというときに柳のごとくなれぬぞ」

だから、こんな戯言《ざれごと》をいっているのだ、と源九郎はいいたいらしい。

その言葉に呆れながらも、ふっと体の緊張がほぐれていく琴姫とお松だが、彦四郎だけは相変わらず仏頂面をしたままである。

この世の危険を一身に背負っているような態度に、源九郎は苦笑しながら、

「彦どんよ」

「な、なんと。なんです、その呼び方は」

「いやか、ならば彦にゃんではどうだ」

「どちらも嫌です」

「そうか、仕方ない。では彦四郎」

「なんでしょう」

にこりともせずに源九郎を見つめる。その顔はどうしてこんな男が一緒にいるのだ、といいたそうである。

「おぬしの両親は健在か」

「どうしてそんなことを。いまそのような話は無関係でしょう」

「そうではない、人を知るには両親を知るのが一番だからだ」

「………………」

「その目はあまり語りたくないらしい」

すると、琴姫が助け舟を出した。

「彦四郎は本当の両親を知らぬのです」

「む……それは知らぬこととはいえ、失礼いたした」

難波彦四郎という名前も、それが本当かどうかわからぬという。幼き頃に、ある寺の前に捨てられていたというのである。それを藩の剣術指南役である難波幸三郎《こうざぶろう》が引き取った。

捨てられていた寺が難波家の菩提寺《ぼだいじ》だったのである。難波家には跡継ぎが生まれず、幸三郎は彦四郎を天からの授かりものと喜んだらしい。

したがって、彦四郎という名も幸三郎がつけた名である。

「なるほど、海彦、幸彦、だな」

「……なんです？　それは」

小弥太が首を傾げると、

「それをいうなら、海幸彦、山幸彦ではありませんか」

琴姫が腹を抱えている。

「おう、そうであったか。まぁ、あまり細かいことを気にしてはいかん」

「禿《は》げるぞ、でしょう」

小弥太が、言葉を継いだ。

能面のような彦四郎の頬に、朱が差した。

「怒ったかな？」

源九郎の問に、彦四郎は違うと言って横を向いている。

「なんだ、笑っておるのか」

お松は、その場から少し離れたところで、腹をよじっている。

ようやく、全員の心に余裕と連帯が生まれたようであった。

難波幸三郎の内儀は彦四郎が五歳になったときに亡くなった。それからは男手ひとつで彦四郎を育てた。

彦四郎には手を焼いていたらしい。なにしろあまり幸三郎になつかない。人を信じない。

といっても、最初から反抗的だったわけではないという。

「母親と信じてきた人が亡くなり、彦四郎は嘆《なげ》き悲しんだ。そんなときに幸三郎が、男はめそめそするな、と叱《しか》ったといいます。さらに、お前は本当の子でもないと告げてしまったのです。幸三郎としては強い子になって欲しかったのでしょうが、その言葉が彦四郎の気持ちを傷つけたのだと思います」

やがて、幸三郎も亡くなり家を継いだが彦四郎は、天涯孤独《てんがいこどく》となったのだという。

離れていた彦四郎に向けるその目には、慈《いつく》しみが含まれている。

ううむ、と唸りながら源九郎はそっと彦四郎に目をやった。

人を拒否しながら、相手のことを底なしの沼を見るような目つきの因《もと》はそこにあったのか……。

一行は、六郷《ろくごう》の渡しについた。

だが、昨夜遅くからの雨で、川は氾濫《はんらん》していた。そのためにすぐ渡ることができず、数日の間、川止めをくらいそうである。

仕方がなく、大田《おおた》屋という名の旅籠《はたご》に宿を取った。

二日経っても、川のどぶ川と変わらぬ臭いを、風が旅籠まで運んでくる。部屋の窓から外を覗いてみても、雨が天から落ちてくる景色しか目に映らない。

一日目は仕方がないと諦めていた琴姫だったが、川止めが二日三日と続くうちにどんどん顔つきに厳しさが増していた。

彦四郎は、いつものごとくなにを考えているのかわからぬ表情をしているだけである。

警護は楽だろうが、だからといって目配りを外すわけではない。

朝になると必ず雨のなかを出て行き、旅籠の周囲を見回っているようである。

一度、小弥太がこんなときに危険などないでしょう、と声をかけると、返事もなく三白眼《さんぱくがん》でじろりと睨《にら》み返してきただけだった。

――いやな野郎だぜ……。

木で鼻をくくったような態度をとり続ける彦四郎に、小弥太はひとりごちる。

川止めは四日目になっていた。

ようやく雨は小降りになった。

旅籠では、川止めが解かれると噂され、足止めを食っていた連中は浮き足立っている。

琴姫も同じだった。

しかし、雨が小降りになったからといって、すぐ渡しが再開するとは限らない。

「いつ渡れるのです」

期待の声が源九郎に飛んだ。

「姫……そんなに焦っても仕方がありません。どうです、少し周りを散策でもしてみますか」

その申し出に彦四郎が割って入る。

「そんな危険なことはだめだ」

源九郎をただの部屋住みと思っているから、言葉もぞんざいであった。

気持ちの上でも、源九郎を敵視しているのだろう。

　だが、琴姫は源九郎の言葉に乗った。

「行ってみましょう。この湿気の臭いが充満している部屋にいるのは飽きました」

　川まで進んでいくと、水はかなり引いていた。なかには、自分の力で渡っていこうとする者たちもいる。川越し人足たちの肩に担がれて渡りだしている者も出ていた。

　川から少し離れた河原に、小さな休み処《どころ》があった。丸太を組んで葦簀《よしず》で囲っただけの簡易な造りだった。

　その周りを、大きな荷を乗せた大八車二台と一緒に幟《のぼり》を二本立てた旅の一座が取り囲んでいる。小屋の前に出ている長床几《しょうぎ》に座っているのが、座主なのだろうか、休み処の店主らしき男となにやら、交渉しているようだった。

　もうひとり、そばにいてその役者はじっと川を見つめている。

　と——。

　その役者の肩に誰かがぶつかった。源九郎は、素早く男のそばまで飛んでいき、手をひねって倒した。

　琴姫が近づくと、

「巾着切りです」

　すぐ座長らしき娘が近づき、礼をいった。

琴姫は、その座長となにやら話をしていたと思ったら、

「一座の方たちと一緒に旅をすることにしました」

「なんと？」

「あの方たちは、駿府《すんぷ》まで行くそうです」

「はぁ」

そういわれてもう一度、視線を送ってみると男装をしている者が数人いるようだった。

「澤村雪之丞《さわむらゆきのじょう》一座というそうです。あの一座のひとりとして旅をすることにします。源九郎さまはその用心棒。お松は裏方さんということにしました」

「さてはて……」

「これから、私は澤村琴次郎《ことじろう》です、よいですね」

源九郎の返事も待たずに、琴姫は宿に戻っていく。その後ろ姿は楽しそうであった。

四

「どうなっているのです」

ぎりぎりと音がしそうな目つきで、問い質《ただ》されていた。

ここは、今治柳藩、陣屋屋敷の乾丸《いぬいまる》と呼ばれる一室。

上座に座っているのは、乾殿と呼ばれるお甲の方である。

脇息《きょうそく》に肘《ひじ》を突きながら、睨みつけられると国家老の山之内は蛇《へび》に睨まれた蛙《かえる》であった。

「は……」

「琴姫さまが持っているという私たちの書簡を取り戻しましたか」

だが、山之内の顔は曇《くも》ったままだ。

お甲の方は脇息を引き寄せると、体を前に倒して、

「そもそも、どうして私たちが交わした文が、琴姫たちの手に渡ったのです?」

「それがよくわかりません」

「その都度燃やしてしまうようにと命じていたではありませんか」

「もちろん、そのようにしていましたが」

「いましたが？」

山之内の額に汗が吹き出る。

「残していたものもある、ということですね？」

「申し訳ありません」

平伏する山之内を、お甲の方は苦々しく見つめている。

「それを盗まれたのですか」

「……もしかしたら、あちら側の策謀かもしれません」

「盗まれてはいないと？」

「頂いた文は、手文庫に仕舞ってありました。鍵もかけていました。それなのに盗まれていました」

ばかばかしい失態だ、とお甲の方は眉《まゆ》を動かしながら、

「いま、どんな手を打っているのです」

目の前にいる女は以前、自分の命《めい》ひとつで着替えや、部屋の整理などをしていたというのに、殿のお手が付いた途端に高飛車になってしまった。

「いま、連絡を待っているところです」

暑くもないのに額から汗が流れている。

体は大きなほうではない。体全体が丸く、どこか愛嬌《あいきょう》がありそうだがその腹ではなにを考えているのか、わからないというのが世評だった。自分ではあまり手を汚さず、腹心の配下を使って自分の立場を確固たるものにしてきた、という噂がある男である。

「栄之進《えいのしん》からの連絡はまだないのですか」

「……腰元が、女役者に化けて琴姫に近づいているはずです」

「江戸屋敷の者か」

「はい。なかなか機転が利くと聞いております」

「女役者とは、どういうことです」

「以前、国許で……」

それでお甲の方も気がついたらしい。あぁ、と頷いて、

「あの者たちと一緒にいると申すか」

「女役者に変装して琴姫に近づき、その動向を窺《うかが》っているはずです。動きを逐一、こちらに伝えてくるはずですが……」

だが、それがなかなかこないために、こうしてお甲の方にやりこめられている。

山之内の栄之進に対する信頼は絶大だ。いままでも沢登《さわのぼり》栄之進は、汚れ役に徹して山之内を支えてきた。

「あの者にまかせておけば、間違いはありません」

「その言葉を信じるしかありませんね」

「はい」

「我が子を藩主にするのです。並大抵の手ではいかぬ」

「承知しております」

お甲の方が、藩主因幡守に見初《みそ》められたのは、花見のときだった。山之内のそばに侍《はべ》っていたとき、目をつけられたのだ。それからは、トントン拍子の出世である。乾丸と呼ばれる一室を与えられて、まさに女帝に近い生活をしている。

腰回りも肉置《しし》きがよくなり、母親としての威厳はますます増している。

嫡男である兄の信利を廃嫡し、自分の子、勝義を次期藩主とする画策を始めたのは、このお甲の方である。

女は母親になると強くなるとはよくいわれることだ。だが、お甲の方の変わりようは、山之内からみても、驚くほどであった。

それには、おそらく理由があったはずである。母親になったからとはいえ、いきなり理由もなくここまで強硬な態度を取り始めることはないはずだ。

山之内には、ひとつの推量があった。

――沢登栄之進との不義だ……。

栄之進は、城内だけではなく城下の娘たちからも憧《あこが》れられるような存在であった。

それをお甲の方が知らないはずがない。

因幡守が病に倒れ、お甲の方がその寂しさを栄之進で紛らせようと近づいたのは、宿因だったのかもしれない。

そして、勝義君が生まれた。ふたりの間で、なにかよからぬ思いが生まれたとしても不思議ではない。

――それに乗ろうとしている儂《わし》も、同罪かもしれぬがなぁ……。

自嘲の思いを抱えながら、お甲の方を見つめる。

近頃では、栄之進が江戸に定府するようになり、お甲の方は自分に色目を使い始めた。うっかりそれに乗ってしまうと、自分の首を絞めることになるだろう。

――お甲の方は、毒蛇だ……。

一度噛まれたら、その毒が全身に回り、がんじがらめになって身動きが取れなくなる。

「源右衛門……」

「あ、失礼。ちと考え事をしていたもので」

「わらわのことかえ?」

ニンマリしたその唇は、半開きでぬめりを帯びていた。

「すぐ、栄之進に首尾を確かめる算段をしてまいります」

慌てて、山之内は立ち上がった。一刻も早くお甲の方の前から辞したかったのである。

第二章　裏切り者

一

源九郎たち一行は、六郷を渡り神奈川《かながわ》で一泊。翌日、五つ（午前八時）に神奈川宿を出た。

雪之丞一座と一緒のせいか、危険な雰囲気はまるでない。お伊勢《いせ》参りにでも行くような雰囲気である。

雪乃丞は、二十四歳。琴姫は姉のように慕っている。一座の人数は十二人いた。これだけで道具を作れるのかと思ったが、舞台は書割の背景が決まっていて、それを運ぶだけですむらしい。

のんびりと東海道を進んでいく。左に見える相模《さがみ》湾の青い海原が、秋の香りに混じって潮の香りを運んでくる。

街道を歩く姿は、まるで旅の一座と同化して、危険な事件とも遭うことはなかった。

やがて、街道は上り坂になり、それからまた下ると途中から眼下に海とはまた異なる、水の色が見えてきた。

芦《あし》ノ湖《こ》だ。

箱根《はこね》宿に着いたのである。

俗に箱根八里という。小田原《おだわら》宿から箱根宿までの四里。箱根宿から三島《みしま》宿までの四里。ふたつを足してこう呼ぶ。

小弥太の足が重そうだった。江戸で岡っ引きといえば、みなは畏《おそ》れ入るが、ここではその威厳は通用しないからだ。

関所には弓や鉄砲が置かれているが、それらはいわば旅人を脅《おど》すためにある。したがって、矢も玉もない。だが、旅人たちは知らない。不審な行動を取るとそれらを射掛けられると思い、神妙にしているのである。

とはいえ、男に対してはそれほど厳密ではない。よほど不審な雰囲気を持っていなければ恐れる必要はないのだが、問題は女である。

出女に入鉄砲という。

江戸から見て箱根の関所を越えて出ていく女。入ってくる鉄砲、つまり武器などは、厳密に調べられたのである。

大名家の妻女が江戸から逃げていくのを防ぐためだったともいわれ、女手形が必要であった。江戸藩邸に住む留守居役から発行され、本人の名前、住所、身分、出発地と目的地。同行者や乗物についても記載される。

有効期限があり、発効日からひと月、とされていた。

琴姫は、その手形を持っていない。留守居役に届け出をすると、自分が信利の国許へ向かうことがばれてしまう。留守居役がどちらの味方かはっきりしていないため、できれば隠密裏に行動を取りたかったのである。

そんなこともあり、琴姫は男に化けたというわけであった。お松も、一座の者として一緒に通ることができた。雪之丞一座がこのように顔も利くからありがたかった。

芦ノ湖を眺めながら、源九郎は流れる風に身を晒《さら》していた。

なにをしているのか、と琴姫が寄ってくる。それをじっと彦四郎が見つめている。

小弥太は峰丸《みねまる》という雪之丞付きの役者となにやら歓談中である。

「どうしたのです？」

「風に吹かれていた」

「風流ですこと」

「私は感傷的な男なのです」

「へぇ……」

本気で感心しているわけではない。半分は呆れているのだが、そんな素振りは見せ

ずに、

「源九郎さまは、日之本という苗字なのですよね」

「そうですが？」

「どちらのご出身です？」

しばらく源九郎は考えてから、空を指さした。

「あちらです」

「はい？」

空を見上げながら、琴姫は呆れるよりもばかばかしいという顔つきになった。

「あそこということは空ですか？」

「雲です」

「はい？」

「雲に乗って、天から降りてきました」

「まさか……」

「そのまさかということが起きるから世の中は楽しいのですぞ」

源九郎は、わっはははは、と大笑いしながら街道に戻った。

しばらく突っ立ったままでいた琴姫だったが、お手上げですねぇ、と呟いた。そこに彦四郎が近づいてきた。

「姫……」

「いま、その呼び名はやめなさい」

「……失礼しました……あの者はあまり信用なさらぬほうが……」

「どうしてです？」

「あのちゃらちゃらした素振りがどうにも」

「我慢なりませぬか？」

彦四郎と会話を交わしていると、ついつい男言葉を忘れてしまう。

「我慢なりません」

琴姫は、口元をゆるめて、

「それはまたはっきりいいましたねぇ」

「気に入りません」

「まぁ、あのようなお方なのです。悪い考えを持っているとは思えません」

「………」

「そんなに目くじらを立ててはいけません。私を守ってくれるのです。仲良くしなさい」

「しかし」

「私のいうことを聞けませぬか?」

「……失礼いたしました」

肩を落とすでもなく、眉ひとつ動かさずに彦四郎は下がっていく。

ふぅ、と息を吐いた琴姫は、踊るような仕種をして峰丸と並んで歩く源九郎の姿に、もう一度ため息をつきながらも、顔がついにやけてしまう。

そんな自分に気が付き、思わず周囲を見回した。浮かれている自分を見られたのではばつが悪い。

そそくさと早歩きで、先を行くみなを追いかけた。

琴姫は旅役者琴次郎として無事通過できた。雪之丞一座はこの辺りをいつも通っているため、顔見知りの役人がいたことも助けになった。その役人は、雪之丞から鼻薬を利かされているのだ。

元箱根に入った一行は、宿を捜した。

雪之丞一座と一緒だったことで、ここでも助かった。

元箱根では東雲《しののめ》屋というのが、雪之丞一座の定宿だった。

ときには客に踊りなどを披露する。そうするとご祝儀《しゅうぎ》がもらえる。それが宿代として助かるという。琴姫は幼き頃から舞いを習っていた。なにかのときには、その舞いが役に立つだろう。

その日も、安五郎《やすごろう》という宿の主人から、声をかけられた。客のひとりが琴姫を見初《みそ》めたというのである。ご祝儀が出るのだから、一舞見せてやってくれというのだった。

彦四郎はその申し出に、目をぎろりとさせて、そんなことはできない、と断るように勧めた。

源九郎はそれは面白い趣向ではないか、と喜んでいる。

彦四郎との間に険悪な空気が流れ始めた。

それをあっさりと解決したのが、琴姫の言葉である。

「やりましょう」

女に化けるわけではない、もとに戻るのだ、という琴姫に、彦四郎は下賤《げせん》な者たちの慰み者になるなどとんでもない、と反対を続ける。

「これも、敵を欺《あざむ》くためです」

琴姫は、凛《りん》として答えた。

「どこに敵がいるのですか」

彦四郎も引かずに、問い詰める。

「いたら、の話です。どこで私たちを見張っているかわかりません。疑われていたとしたら、めくらましになります。それに、ここで断って雪之丞一座が迷惑を被るようでは困ります」

「それは仕方のないこと」

「そうはいきません。関所を簡単に通り抜けることができたのは雪之丞さんがいてくれたからです。そのご恩に報います」

これ以上反対はできないと思ったのだろう、彦四郎はようやく唇を噛みながら、わかりました、と答えた。

ふたりのやりとりを聞いていた源九郎は、これは楽しみだぞ、と呟く。それを耳にした琴姫が首を振りながら、

「踊りは、お客さまに見せるのです」

「おや、私たちのためではないのか……」

それは残念と、大げさに肩を落としてみせた。

男三人が同部屋で、雪之丞、そしておつきの峰丸という男装の役者、琴姫、お松の四人が同部屋であった。峰丸という役者は、雪之丞と似たような体つきで、無口であった。よけいな口をきかぬので助かる。他の者たちは、五人ずつの大部屋であった。

お松は部屋に入ってからも、そわそわしている。琴姫にどうしたのか問われても、なんでもありません、と答えるが、言葉とは裏腹に目が定まっていない。

雪之丞と峰丸が安五郎と一緒に部屋に戻ってきた。

安五郎はでっぷりと太った赤ら顔で、いかにも好色そうな雰囲気を持つ男だ。

「これはこれは。一座にも新しい人たちが入って、なかなか賑やかになりましたなぁ」

「はい」

安五郎はにこりと男装の琴姫に目を向ける。

「ふむふむ、このお方はなかなか女形が似合いそうだ。あのお客さまは確かな目を持っているらしいですなぁ」

「あの……」

お松が尋ねる。

「そのお客というのはどのようなお方でしょう?」

「はい。じつは私も初めてなのですが。小田原でご商売をやっている方という話でした」

「箱根には湯治でも？」

「そうらしいですねぇ」

そうですか、とお松が頷きながら、琴姫を見た。

目は心配そうだが、琴姫は目で頷きながら、安五郎にていねいに挨拶をする。

安五郎は、そんな琴姫を好色な目で見つめながら、

「いやいや、これは楽しみです。さぞかしいい女ぶりが見られるでしょうなぁ」

ひひひ、と笑いながら安五郎は、ではのちほど、といって廊下に出ていく。

「あの者は、気がついていますね」

お松の言葉に、雪之丞は眉をひそめ、琴姫は唇を噛み締める。

「お松もそう思いましたか」

「失礼ながら、姫さまの腰から胸に目がいったりきたりしていました。あれは最初、疑い、それから本物の女だと気がついた目です」

「そう思います」

雪之丞は、琴姫のそばに寄ると、肩に手をおいた。

「みなさまがどのようなご身分の方かは知りません。でも、いまは私の配下ということを忘れずにいてください。そうしたら、面倒なことは起こさせませんから」

「……お世話になります」

ていねいに頭を下げてお礼をいう琴姫に、雪之丞は、

「あなたは男です。安五郎がどう思おうと……」

そうでした、と琴姫は顔を上げて、ことさら顔を厳しく作りなおした。

「これでよいかな」

「はい。立派な殿方です」

ようやく、三人に笑みが戻った。

二

部屋いっぱいに客が集まっていた。

小田原の商人ひとりとは思わなかったが、それほど大勢とは意外であった。

なんと、一番後ろには源九郎がちょこんと座っている。彦四郎と小弥太の顔はない。

次の間から出を待っている琴姫が、かすかに開けた襖《ふすま》の隙間から見ているのだった。

お松が後ろから声をかけた。

「彦四郎さんと小弥太さんは、廊下に控えています」

「そうですか」

なにか起きたら、飛び出すから心配はいらないとお松は頭を下げた。

「わかりました」

琴姫はもう一度源九郎の姿を覗き見た。天井を見たり首を回したり、いつものごとくなにを考えているのか、よくわからない。

それでも、源九郎の顔を見ているだけで安心できる。それほど、源九郎の存在は琴姫のなかでは大きくなっている。

琴姫は、大きく深呼吸してから、出の合図を待った。

源九郎は、よそ見をするふりをしながら、客の顔を窺っている。ひとりひとりの顔を見ながら、危険がないかどうか探っているのだ。

部屋の横には、鼓《つづみ》や笛を持つ一座の者が並んでいる。

「あれは？」

客のなかにひとりだけ、周りとは少々異なった雰囲気《ふんいき》を醸《かも》し出している客がいた。侍の格好ではない。商人風の着こなしだが、その体つきは明らかに武張ったことに長《た》けていると見えた。眼光も鋭い。

店の用心棒なら問題はないのだが、と思いながらじっと見つめていると、誰かを捜している様子が見受けられた。

琴姫の出を待っているのかと思って、目をそらさずにいたがどうもそうではなさそうである。あきらかに誰かの姿を捜しているのだ。

出囃子《でばやし》が鳴り始めた。

正面の襖が開いて、見るも鮮やかな藤娘が出てきた。

おう。

部屋がどよめく。

目を瞠《みは》るほどの艶《あで》やかさであった。

藤色の振り袖に藤の柄が流れ、黒塗りの笠に大きく垂れ下がった藤の枝を担いでいる。

鳴り物と謡《うたい》に合わせて、体が舞う。

手が揺れる。

目が流れる。

その姿はまるで、一幅の絵を見ているようだった。

客たちは息を呑みながら、琴姫の舞から目をそらすことができずにいる。

しんとしたなかで、舞は終わった。

正座になり、ていねいにおじぎをしたところで、万雷の拍手が部屋に響いた。

一番前で見ていたのが、小田原の客とやらなのだろうか、利休茶《りきゅうちゃ》の羽織を着た男が琴姫のそばまでにじり寄った。廊下に控えている彦四郎はさぞかし気が気ではないだろう、と源九郎は苦笑しながら、手を握られている琴姫を見つめている。

琴姫の瞳が源九郎に飛んできた。

やり終えた満足感に浸っているようだ。

よくやった……。

源九郎は目で応《こた》えた。

小田原の客は、しつこく琴姫の手を握ってなにやら話しかけている。後で部屋に来いとでも口説いているのだろう。

嫌な顔は見せずに、琴姫は下がっていく。

それを源九郎が追った。

着替えをするからといわれて、部屋の外で待っていると、安五郎と小田原の客が一緒に廊下を歩いてきた。

「これは、これは」

名前を知らぬためか、安五郎と小田原の客は、どう声をかけたらいいのかわからずにいる。

「日之本源九郎である」

「ほう、日之本さまですか」

小田原の客が胡散臭《うさんくさ》そうに、目を細めている。

「用心棒だ」

「……なるほど」

「見知りおきを」

頭を下げるのだが、源九郎の態度は偉そうである。

それでも、安五郎はていねいに腰を曲げて、

「こちらの方は、小田原の町で呉服屋をなさっておられます、水田《みずた》屋長十郎《やちようじゆうろう》さまと申します」

水田屋は、静かにおじぎした。

「それにしても、雪之丞さまは、急にいろんな方をお抱えになったものですなぁ。以前、一座に用心棒などはおりませんでしたのに」

安五郎が、なにやら意味ありげな顔を見せた。

「近頃、街道はぶっそうらしいのでな」

源九郎は笑みを浮かべる。

「なるほど、なるほど」

安五郎は、知ったふうな顔をしながら、

「こちらが用心棒さまだとしたら……」

じっと源九郎を見つめながら、なにやら思案風な顔になる。

「琴次郎さんをお座敷にお呼びしたいと、こちらの水田屋さまがご所望なのです。となると……」

「ふむ。私はつねに一座の人たちと一緒であるな」

「でも、琴次郎さまは男でしょう」

男なら、用心棒などはいらぬのではないか、といいたいらしい。

だが、その目の奥には半分、揶揄《やゆ》が入っている。女と気がついているからだろう。

「それでも、あなたさまがご一緒となりますと、なにやら仔細がありそうな気がしますが、考え過ぎですかな」

慇懃《いんぎん》な態度で安五郎は、源九郎に迫った。水田屋と目配せをし合っている。

「ふむ……じつはな」

「はい？」

「あの者は、女なのだ」

「え？」

秘密なのだろうと思っていたことをあっさりとばらされたので、かえって安五郎と長十郎は面食らっている。

「それにな……」

ことさら声を落とした源九郎は、ふたりに意味ありげな目を送る。

「不義密通の罪で、国許に送るところなのだ。その役を私が仰《おお》せつかっておる。だが、女の格好のままでは密通を働いた相手の仲間が斬り込みにくるやもしれぬ。それは困る。そこであのような男の格好をさせている。まぁ、そういうことだからあまりあの女には関わらぬほうがよろしいぞ」

ふふふ、と口を歪めて見せた。

「そ、それは……なんと、これは」

困ったという言葉を安五郎は飲み込んだ。よけいなことに関わると、商売にも悪影響があるかもしれないと思ったのか、安五郎は腰が引けている。

長十郎は、小首を傾げていたが、

「東雲屋さんはいかがします？」

「私は……」

少し間を空けてから、部屋に呼ぶのは、やめようと答えた。

「東雲屋さんがそういうのでしたら、私も異存はありません」

ふたりは、頷き合ってその場から離れていった。

三

水田屋長十郎は、東雲屋から外に出た。山から吹き下ろす風が袂《たもと》を揺らす。しばらくその場に立っていると、男が近づいてきた。その顔は、源九郎が見たらあの座敷で、異質なものを放っていた男だと気がついただろう。

「いかがでした？」

商人の言葉遣いではない。背筋が伸び、広い肩幅やその物腰はあきらかに武士だ。

「うまく、逃げられた。東雲屋がやつの策に乗ってしまった」

長十郎は、男に源九郎が作り出した不義の話を伝えた。

「……なんと」

「甘く見ていたが、どうも一筋縄ではいきそうにない」

「あの、のんびりした男が……」

「正体はわからぬのか」

「手下の報告では、本所にあるひかりという料理屋の二階に居候している男だという話です」

「ただの浪人とは思えぬが」

「噂ではどこぞご大身の部屋住みで、家出でもしたのではないか、と」

「それにしては、あの咄嗟《とっさ》なのかどうなのか、東雲屋を煙に巻いた動きは、敵ながらあっぱれというしかない」

「こちらの正体は？」

「まだ、気がついてはおらぬと思うが……」

「もう少し、何者か探ってみましょう」

ふむ、と水田屋長十郎は頷く。

「それより、そっちの首尾はどうだ」

「はい。一応、揺さぶってはおきましたが……」

「早くせよ」

「それは、重々に」

「籠絡《ろうらく》したら、数歩先をいけるのだ」

「はい」

ふたりの会話はそこで途切れた。

立ち話をしているふたりの間を、山から下りてきた風が通り過ぎた。

無事に安五郎や長十郎の疑惑を乗り越えた。

それについて源九郎は、琴姫にも彦四郎にも話はしなかった。

急に安五郎も長十郎も自分から関心がなくなったことに、琴姫は疑問を抱いたが、

「なに、あんな連中は気まぐれなのだ」

ほかに旅芸人が来ると聞いたら、そっちに行ってしまったのだと教えたのだった。

本当だろうかと疑いの目を向けたのは、雪之丞と琴姫のふたりだが、水田屋の毒牙

から逃れることができたのだから、不服をいうつもりはないのだろう。そうですか、と安堵《あんど》の顔を見せた。

それより問題は、ここから街道を行くかどうかだ、と彦四郎は懸念を語った。

「いままでは無事に来ることができました。しかし、箱根を越えると、ほとんど土地鑑《かん》はない。そんなところを襲われたら……」

それに問題は、雪之丞一座が一緒に旅をすることができるのは、ここまでということであった。

箱根宿の次は三島宿。

その途中の町で公演することになっているというのである。

「ならば、最初の旅に戻っただけではないか」

琴姫が彦四郎の顔を見る。なにが心配なのかという目つきだった。

女である琴姫が悶着《もんちゃく》もなく箱根を越えることができたのは、雪之丞一座がいたからだ。それが周りにはめくらましになっていたと思える。これからは、裸同然だというのが、彦四郎の言い分だった。

「ではどうしろと？」

「なにか策を講じたほうがよいかと思いまして」

「といいますと？」

「二手に分かれるのはいかがでしょう」

「それは危険だ」

即座に源九郎が、反対する。

「はて？」

なぜか、と彦四郎は目で問うた。

「こちらを見張っている目があちこちで感じられた……それも近くにいるような気がしていた」

そういいながら、源九郎は彦四郎を睨《にら》む。

琴姫は、いままでどおり一緒に旅をする、と結論を述べた。

男装した琴姫は、このまま行けば問題はないだろう、というが、

「それなら船はどうでしょう」

彦四郎が進言した。

「船で？　どこから調達するのです？」

「幸い安五郎が懇意にしている、大坂の廻船問屋の船が沼津《ぬまづ》に泊まると聞きました」

米や酒樽《さかだる》を運ぶ船だという。

「目的地は?」

「江戸から大坂まで行く途中だそうです。後は、大坂から金毘羅行きの船がありますからそれに乗れば、今治に行くことができます」

それはいいや、と小弥太が小躍りしそうになる。

「酒が運ばれているんでしょう?」

「まぬけ!」

「なんだと?」

「居酒屋を運ぶわけではない」

冷たく彦四郎が言い放つ。

「ち……まったく冗談も通じねぇ」

「この旅は戯事《ざれごと》ではない」

眉根に皺を寄せる彦四郎に、源九郎はまぁまぁと手をひらひらさせながら、

「船なら、敵も襲ってはこれまい。それはいい策だぞ」

「ですが……」

普段あまり意見はいわないお松が、膝を乗り出して、

「海賊船に襲われるということもあります。それに何日乗ることになるのです?」

「おそらく、大坂と江戸の間は十日から二十日といいます。ですから沼津からなら、三日から五日……」

彦四郎が答えた。

「でも安全でしょうか？」

お松は、船が襲われたら逃げ道がないといいたいらしい。

「そこまで気にしていては、なにもできぬではありませんか」

琴姫が、お松の心配を払拭《ふっしょく》した。

「船に乗りましょう」

源九郎と琴姫は目を合わせて、頷き合っている。

それを見た彦四郎は不機嫌な目つきをし、お松は小さくため息をついた。

箱根から三島まで四里八丁。三島から沼津宿までが一里半。

歩いて行けぬ距離ではないが、出港が午の刻という。いまは辰《たつ》の刻（午前八時）になろうとしている頃合い。間に合わせるには速歩《はやあし》をせねばならない。そこで、一行は早駕籠に乗ることにした。

急ぎの旅である。少々の出費は仕方がない、という琴姫の言葉に、彦四郎も頷いた。

無事、沼津宿に着くと、町全体に潮の香りが漂っている。

風が運んでくるのだ。

さらに魚の匂いも漂い、なるほど海で潤っている宿場だと思われた。

「釣りたての魚で一杯やったらうまそうだ……」

小弥太の呟きは、出港まで時がないという声にかき消された。

乗り込むのは、千石船《せんごく》であった。

三十石船よりはましだ、と源九郎は笑うが、

「なんとなく頼りねぇなぁ」

小弥太は、不安そうだ。

「北前船《きたまえぶね》はこの形だ。心配するな」

「あっしは、陸《おか》にしか縁がねぇですからねぇ」

「おやぁ？　親分は金槌だな？」

「まさか。子どもの頃は大川《おおかわ》のかっぱと呼ばれていたほどですぜ」

「それなら安心。沈没しても泳げるな」

「げ、やはり沈みますかい？」

また不安そうにする小弥太を見て、源九郎はわっははと大笑いをするのだった。

積み荷のなかに五人は潜り込ませてもらった。

米俵がぎっしり積まれていて、酒樽はなかった。

「こらぁ、約束が違《か》うなぁ」

小弥太が腹を掻きながら、すぐごろりと横になってしまった。それも米俵の隙間に体を潜り込ませているから、窮屈この上ないのだが、

「酒の酔いと違って、船酔いは気持ちが悪い」

小弥太は、しきりと空咳をしている。

彦四郎は、じっと目をつぶっていただけである。ときどき、胸を蠢《うごめ》かせているのは、吐き気をこらえているらしい。源九郎もさっさと横になったまま、いびきをかいて寝ている。

「寝てしまえば、船酔いもわからぬ」

そういったと思ったら、目を離したときには、グゥグゥと寝ていたのだ。

琴姫は、お松と一緒に甲板に出ていた。

そのほうがまだましだ、と水夫《かこ》に教えてもらったからだった。

「お松……」

強い風に吹かれているからだろうか、琴姫の頬が赤い。

「なんでしょう」

「お松……なにやら悩みがあるのではないのですか？」

箱根宿に着いてからのお松は、なにか浮かない顔が目立つ。

「……いえ、そのようなことは」

「ないと申すのですか？」

「ありません」

「ならばよいのですが……」

「申し訳ありません。ご心配おかけいたしまして」

「……やはり、なにか気にかかることがあるのですね」

小声の会話だ。ことさら男言葉を使う必要はない。

「いえ……」

お松の声が風に飛ぶ。

「無理にとはいいません。話したくなったらいつでも聞きますよ」

「はい……」

お松の声が小さいのは、船酔いのせいだけではない、と琴姫は気がついている。だが、それ以上問い詰めるのは、お松を苦しめるだけだと判断を下した。

「そろそろ寒くなってきました」

「下へ戻りましょう」

お松は琴姫の手を取り、船倉へ降りていった。

四

「さすが商売の国ですねぇ」

江戸とは異なり、侍の数よりも商人の格好をした者のほうが多いように感じられる。

飛び交う言葉の違いも、上方《かみがた》へ来たことをいやが上にも気付かせる。江戸っ子も声が大きいが、大坂の人もやかましい、と小弥太は笑っている。

お松は、相変わらず目が定まらずに、あちこちを見ている。

大坂の町が珍しいのだろうが、琴姫にはそれだけではないような気がしてならない。

小弥太、お松とは少し離れて歩きながら、琴姫は源九郎にその疑問を伝えてみた

が、

「なに、江戸が恋しいのであろうよ」

まったく取り合わない。

「誰か置いてきた男でもいるということはありませんか？」

「そんな相手がいると聞いたことはない」

琴姫は、ことさら男の態度で返答をした。

「そういうことではないのだがなぁ」

「では、なんです」

「あの目つきは男を捜してる目だと思うのだが？」

「まさか」

「いや、姫はまだ男を知らぬ」

「……当たり前です。嫁入り前です」

「そうではない。男という存在が女にとってどういうものかを知らぬというておるのです」

「まぁ……それなら、わかります」

「おや？」

源九郎の目線を外すためだろう、琴姫はそっぽを向いた。

思わぬ言葉が口をついて、自分でも驚いたのか息が荒くなり、頰に朱が差している。

「なるほど」

「なにがなるほどですか」

「信利さまという許嫁になるかもしれぬお方ができたからですか、それなら、わかります」

琴姫の言葉を真似た。

それには、返答がない。

——まったく、この人は……。

売り声や、呼び込みの声が風に乗ってくる。

上方の風は、少し江戸より緩《ゆる》いような気がする。そんな風に吹かれて佇《たたず》む琴姫の横顔を源九郎は、そっと見つめながら、

「なかなか……」

「はい」

「いや、なんでもありません」

源九郎は、言葉をごまかした。

「このようなよその土地に来ると、俳句でも捻りたくなりますねぇ」

「おや、風流な」

「源九郎さま、俳句は？」

「いやいや、私にそんな風流を嗜《たしな》む力はありません」

おほほ、と琴姫は唇に手を当てた。小さな掌がそばに生えているかえでと同じくらい赤くなっている。寒いのだろう。

源九郎は、そっとそばに寄ってその手を包み込んだ。

「あ……」

琴姫の目が源九郎に向けられる。なにかいいたそうな顔だったが、その手を外して、

「私もときどき、作るのです」

「はい？」

「俳句です」

「ふむ」

「でも、季重ねをするな、とよく俳句の師匠に叱られます」

「なるほど」

「聞いていますか？」

「もちろん」

「なんだか、気がなさそうです」

「ほう……季重ねと気がない、とかけたというわけですね」

「……そんなことはありません」

吹き出しながら源九郎に視線を向けた。

立ち姿はなかなか美しい。背筋が伸びている。首をぐっと引いている。胸が張っている。

「やはり、源九郎さまは、ただの部屋住みとは思えませんねぇ」

「そんなことより、どうして姫は今治へ行こうと思ったのです。信利さまを助けたい、民百姓を救いたいという気持ちはお聞きしましたが」

「危険は承知のうえです……」

そこで、琴姫は言葉を切った。

源九郎は、じっと次の言葉を待っている。

「自分を試したいのです」

「じゃじゃ馬といわれて育ちました。でも、それが本当は嫌だったのです」

そういいながら顔を伏せた。

「試すとはなにをです」

「はい……じゃじゃ馬といわれる度に、ただのわがままな姫だと蔑《さげす》まれているような気がしていたのです。曲がったことが大嫌いで、だからおかしいと思ったことには、率直に応対していただけだったのに……」

「今回の今治行きはその気持ちを確かめたいと？」

「本当に、自分はただのじゃじゃ馬姫ではなかったのか、それを私なりに見定めたい、そう考えたのです」

源九郎は、最初に今治行きの話を聞いたとき、姫の心のなかになにかのわだかまりがあるように感じていたのは、これだったのかと頷く。

「信利さまには、申し訳ありませんが、まずは、民が困っている。それをなんとかしてあげることができたら、うれしいと思いました。信利さまとの縁談が持ち上がったことをきっかけに、まっすぐな生き方をしたいという私の気持ちが確かめられているのではないか、と思ったのです。でも、お屋敷でひっそり、静かにする生活から逃げたいと思っていたのも事実ですよ」

そこで、ようやく琴姫は頬をゆるめた。

「そうですか……」

「源九郎さまは、どうして私と一緒に来たのです？　なにか裏があるように思えて仕方ありませんが」

するると、源九郎は大声で笑い出した。

「わははは。私はただの部屋住みです。こんなことでもないと、姫と一緒に旅などできませんからねぇ」

「それが目的だったと？」

「いかにも、いかにも。それ以外まったくないのです」

呵呵《かか》と笑う源九郎に、琴姫の目はまったく信じられないものでも見ているようだった。

「とにかくお松のことは気にかけてあげてください」

言い捨てるように、琴姫はお松のそばに小走りに寄って行った。

今度は、彦四郎が源九郎のとなりに並んだ。

「なにを話した」

「おや？　今日はやたらもてるのぉ」

「姫がいうたのは、お松のことだな？」

「はて」

「あの者のことは忘れろ」

「忘れろといわれても、まだなにも起きてはおらぬぞ」

「……とにかく、お松にはかかわるな」

「……そのような物言いをされる覚えはないがなぁ」

「忠告した」

呟くようにいうと、また琴姫の後ろに戻っていく。

「旦那……」

今度は、小弥太だった。

「お前までも私に興味があるのか？」

「はい？」

「いや、よい。で、なんだ」

「へぇ……」

小弥太は、御用聞きの勘ですが、と断って、

「誰かにつけられているような気がします」

「……やっとまともなことをいわれたぞ」

「はい？」

「いや、よい」

そういうと、源九郎はしゃがんで草鞋《わらじ》を直すような素振りで、周囲を窺った。

「ふむ……」

立ち上がったところで、小弥太が問う。

「どうです？」

「……わからぬ。だが、親分の勘だ。お互い気をつけておこう」

「へぇ」

源九郎と、男装したままの琴姫、そして彦四郎は戎橋《えびす》の南詰めで待ちながら、小弥太が旅籠を捜すことにした。お松も同行しながら、道頓堀界隈《どうとんぼりかいわい》を歩く。

浅草奥山《あさくさおくやま》や、両国《りょうごく》とほとんど変わりないくらいに人が歩いている。江戸でもときどき上方言葉を聞くことがあるが、

「これが、本場かぁ」

小弥太は、純粋に喜んでいるが、お松は浮かない顔だった。

「お松さん、どうしたんです？」

「……いえ。お気遣いありがとうございます」

「なにか、心配なことでも？」

ときどきお松が後ろを振り向いてみたり、歩く速度を落としたりする姿に、小弥太も気にかかっていたのだ。

「お姫さんや、源九郎の旦那などにいえねぇことでも、あっしなら気にせずにどうぞ」

腹を探ってちらりと十手の柄を握る。十手にかけて他言しません、という合図だった。

「ご心配おかけします。でも、大丈夫です」

「本当ですかい？」

眉間《みけん》に傷でも生まれそうな顔つきは、言葉とはかけ離れている。だが、小弥太はあまり追及してもお松が困るだけだろう、とそこで止めて旅籠を捜すことに専念した。

戎橋の南が九郎右衛門《くろうえもん》町、北が又右衛門《またえもん》町。

煙草《たばこ》屋、お菓子屋、食べ物屋などがひしめきあっている。

戎橋南詰めから東側には芝居小屋が軒を並べていた。

「まるで、奥山だぜ」

小弥太が呟いたのも無理はない。

浪花《なにわ》座、中《なか》座、角《かど》座、朝日《あさひ》座、弁天《べんてん》座。それを五座といい大きな櫓《やぐら》を掲げていたことから、五つ櫓とも呼ばれていた。

道頓堀には、屋根船も数隻浮かんでいる。夏は夕涼みの場所としても知られるのだが、小弥太はそんなことは知らない。

難波新地《なんばしんち》のほうに向かったところに、小さな旅籠があった。

十代後半と思える若い娘が呼び込みをしていた。

上方言葉で呼ばれて、そのやさしい響きに小弥太は、

「よし、決めた！」

それまで浮かぬ顔をしていたお松が、ようやく笑みを見せたほどであった。

お松の気持ちが変わったと、小弥太は少し安心する。ふたりはそろって源九郎たちが待っている戎橋まで戻った。

戎橋は、江戸の日本橋や両国橋ほど太鼓型の造りではない。そのため体を支えやすいのか、源九郎は体を思いっきり外にのり出していた。

また、なにか突拍子もないことをやろうとしているのかと見ていると、

「人が落ちた」

源九郎が指さした。

「落ちたというより、飛び込んだようですよ」

琴姫の言葉に、堀を見ると確かに若い男があっぷあっぷしている。泳げないのか、浮かんだり、沈んだりしているのだ。

「また、どうして?」

小弥太の問いに、琴姫が眉をひそめながら、

「振られた腹いせらしいです」

「なんですって?」

笑っていいものかどうか、小弥太が迷っていると、

「あ! 舟が近づいたぞ」

法被《はっぴ》を着た男が、舟を操ってそばに付けると、男を引き上げた。はぁはぁと荒い呼吸をしているのが、橋の上からもよく見える。

「ここは、よく男が飛び込むのだろうか?」

源九郎が怪訝《けげん》な顔をすると、馬鹿な野郎たちは江戸も大坂も変わりありませんね

え、と小弥太が笑っている。

そんなとき——。

お松の姿がその場から、消えていた。

五

旅籠の名前は、浪花屋といった。

木戸門を前にして町の名そのままではないか、と足を止めて不平をいう源九郎に、そんなことをいわれても仕方ありません、と小弥太は口を尖らせた。

もっと風流な名前の旅籠はなかったのか、などと無理をいうのだが、

「まぁ、よいではありませんか。ここがどこなのかはっきりします」

「琴次郎さんがそういうのなら」

あっさり前言を翻《ひるがえ》した。

小弥太は、ちっと舌打ちをしそうになったが、その音が聞こえたらまたなにをいわれるかわからない。

「おや？　親分」

「なんです？」

「いま、なにかしそうになっていたのではないのかな？」

「なりましたよ」

「はん？」

「腹が鳴りそうだったのです。だから、それをこらえました。それがなにか？」

「……まぁよい」

なにやら小難しい顔をした源九郎だったが、

「それよりもな」

「腹は鳴っていません」

「そうではない。お松さんはどうしたのだ」

「あぁ……ちょっと誘い水を向けてみたんですがねぇ」

「喋《しゃべ》らぬか」

「へぇ。なにやら悩んでいるといいますか、困っているといいますか。胸になにか重石を抱えているのは間違いありません」

「親分がそういうのなら、間違いないな」

そこで、源九郎はなにかいいたそうになってから、口を閉じた。

「お松さんが、なにか?」

「ふむ……いや、まだわからぬからよい」

「なにがです?」

「それより、彦四郎はどこに行った?」

そういえば、といった小弥太は、周囲を見回した。すると、角から彦四郎が姿を現した。

「どこに行っていたのです」

琴姫が怪訝な声をかける。彦四郎は悪びれもせずに、

「姫を守るために周囲を見廻ってきました」

彦四郎が先に旅籠にさっさと入っていった後で、嘘だな、と源九郎は呟いた。その言葉に琴姫は、どうしてかと問うた。

「額には汗が滲《にじ》んでいた。つまり急いで追いかけてきたということです。それまでどこにいて、なにをしていたものやら」

「……疑わしいと?」

琴姫の顔は一度、沈んだがすぐ元に戻ると、

「彦四郎を私は信じています」

源九郎はただ、ふむと頷いただけだった。その顔は彦四郎は怪しい、と書いてあった。

「そういえば、お松は……」

琴姫が、周囲を見回すとやはり、遅れてやってきた。汗は滲んではいないが、顔はますます暗くなっている。

「お松……」

「申し訳ありません」

顔を隠すように答えるお松に、琴姫はかける言葉を捜していたが、

「さぁさぁ、旅はまだまだです。気を引き締めましょう」

源九郎を促して、木戸門を潜って行った。その後ろ姿は、どこか寂しそうに見えた。

「これでは、湯は男湯か女湯、どちらに入るのか訊こうと思ったが、無理らしい」

もちろん、場を和《なご》ませるためだとわかっている小弥太である。

部屋に入って、すこしくつろいでいるところに、琴姫がやってきた。血相を変えている。

「いかがしたのです」

「彦四郎はいませんか？」

そういえば、先程、彦四郎はふいと部屋から出て行った。ひとりで湯にでも入りに行ってしまったのかと思っていたのだが、そうではなかったらしい。

「なにか言い残していったことは？」

「ありません」

ふむ、と源九郎は腰に手を当てて、

「親分、外を捜してみよう」

「ですが、あのお方のことですから……」

小弥太は彦四郎が苦手なのだ。だから、あまり関わろうとしない。とはいえ、姿を消してしまったとなれば、話は別である。少し考えてから、十手の柄を握って、

「お姫さまを残してここから出るわけには行かねぇでしょう。まず、あっしが捜してきます」

「そうか。ならばお松を連れて行け」

それがいい、と琴姫も賛同する。

小弥太が誘いに行くと、すぐ戻ってきて、

「お松さんもいません……」

「なんだって？」

源九郎は、どうなってるのだ、と思わず呟いていた。

「──どうしたらいいのでしょう？」

お松は、自問しながら浪花屋の裏口から表通りに出ていた。自分の姿が消えたと、皆が心配するだろう。だが、このまま一緒にいたら、迷惑をかけることになってしまう。

自分が消えたほうがいいのだ、という結論を出していたのである。

そのとき──。

「どこに行くのだ」

ぐいと肩を摑《つか》まれた。痕《あと》が残りそうな強い力だった。

「誰です」

気丈に答えて振り向くと、

「彦四郎さん！」

「どこに行くのだ」

「それは」

「お前がおかしなことをするのではないかと、ずっと気にしていたのだ」

「それでつけてきたのですか」

「どこに行く」

お松は答えない。彦四郎の顔をじっと見つめたまま、逡巡《しゅんじゅん》している。彦四郎は、返答を待っていたが、なかなかお松は答えない。

「お前、裏切ったのか」

「な、なんですって？」

「敵方の間者《かんじゃ》だな？」

「……まさか」

「その声は、本気で否定しておらぬ」

能面のような彦四郎の顔は、お松の気持ちを冷えさせる。細い目がぎらりと光り、返答によっては斬り捨てるという気概に溢《あふ》れている。

普段からなにを考えているのかわからぬ彦四郎だ。こんなときは、冷徹に徹することだろう。

お松の顔色は、どんどん白く変化していく。

「裏切っていたのか」

「……違います」

「ならば、どこに行くつもりだった」

「それは……」

「答えられぬのだな？」

「違います」

「では、はっきりしてもらうか」

それでも、お松はなかなか答えようとはしない。

お松の心の動きを読もうとするように、彦四郎が前に出てお松の顔を覗き込んだ。

顔を手で挟みこむような仕種を取った、そのとき、

「やめろ！」

たたた、と駆け込んでくる足音とともに、声が飛んだ。

「なに？」

彦四郎が振り向いた。声の主が誰か判然としない。

場所は戎橋から心斎橋筋《しんさいばしすじ》に入っている。

そこは、大坂でも有数の繁華街である。買い物客だけではなく、これから芝居や浄《じょう》瑠璃《るり》を見に行く客たちが大勢歩いている場所だ。

　声は聞こえたが、どこから呼んでいるのか姿は見えないのだ。

　彦四郎が、摑んでいたお松の肩から手を放し、あれは小弥太だな、と呟いた。お松の目も否定はしていない。

　通行人のなかに紛れ込んでいるのだろう、小弥太の姿は見えないままだが、

「あっちに行こう」

　彦四郎がお松の背中を押した。

「どこに連れて行くのです。あなたさまこそ、裏切っているのではありませんか？」

「ばかな」

「では、どうして私をつけてきたのです」

「お前の動きが気になるからだ」

「おや、それはおかしいですねぇ。私など、大した敵にはならないでしょう」

「お前はどうでもいい。その後ろに大物が隠れていたとしたらとんでもないことになる。そのほうが大問題だ」

「……今日はよくお話しになるのですね」

「黙って歩け」

　心斎橋筋を北に進んでいくと、長堀《ながほり》に出た。そこに架けられているのが心斎橋であ

る。長堀にも帆船が数隻停泊している。なにやら荷揚げをしている船も見受けられた。

この堀も、海運として使用されているらしい。

彦四郎は土地鑑があるのかないのか、お松にはわからない。だが、彦四郎は迷わずに心斎橋を渡って、すぐ左の路地に入っていった。

「どうしてこんなところを知っているのです」

「ここに着いたときに、近辺を洗っていたからな。お前の動きがおかしいと思ってから、あちこち探ってみた。そこで見つけたのだ」

「あぁ……」

「お前、浪花屋に遅れて着いたではないか。それまでどこにいたのだ!」

お松は彦四郎に肩を押されて、目の前にあった小さな小屋のなかに押し込められた。

引き戸のなかに足を踏み入れると、ぷんと腐った魚の臭気がした。そばに小さな銛《もり》が立て掛けられていた。

「座れ!」

小屋のなかには褥《しとね》があるわけではない。もちろん、座布団があるわけでもない。地面の上に座れ、といわれたのだ。

お松が仕方なく腰を下ろすと、地面に死んだ魚が数匹並んでいた。すぐそばに、魚籠《びく》があった。

そんなことにも無頓着に、彦四郎はお松の肩を押して、

「さぁ、答えてもらおうか」

「なにをです」

「お前の後ろで糸を引いているのは誰だ」

「なんのことですか」

「そんな顔をしても無駄だ。ずっとお前の後をつけていたのだからな。箱根の宿でもお前はおかしな者と会っていた。それに気がついた俺が探っていると、その者が中庭に出てきた。探りを入れようとしたら、逃げられた。あれは誰だ？」

彦四郎はずい分まえからお松を怪しんでいたのだ。

「そんなことをいって、あなたこそ、どこにいたのです」

「お前を見張っていたのだ。途中で見失ってしまったのだが、お前が男と会っていたことはしっかりこの目が見届けている。その男のことを訊いているのではないか。あれは誰だ？　国家老側の者か！」

「…………」

男の件を持ち出されて、お松は口をつぐんでしまった。

彦四郎は、お松の顔色が変化したことに気がついている。

「ほらみろ。なにか裏があるのだな？　あれは誰だ」

「そんなことをあなたに教える必要はありません」

お松は横を向いた。これ以上なにも喋らない、という覚悟の色が全身からほとばしっている。だが、彦四郎はにやりと唇を歪ませて、

「ふん、無駄なことだ。ここは誰も知らない場所だ。誰も助けになど来てはくれぬぞ……」

冷たい声が、魚臭い小屋のなかに響いた。

彦四郎は、お松の顔をじっと眺め続けている。襲う気もないらしい。男が女を見るような目つきではない。ただ、獲物を捕らえたときの野獣のようだった。

「黙っていても仕方があるまい」

「あなたこそ、諦めたらどうです」

「なんだと？」

「私からなにかを訊き出そうとしても、無駄です」

「ふん……語るに落ちたな。そんな台詞《せりふ》を吐くこと自体が、なにか裏を抱えているということだ。早く喋って楽になったほうがいいぞ」

「もう、なにもいいません」

お松は、顔を伏せた。

「待とう……」

それまで立っていた彦四郎も壊れかけた床几《しょうぎ》を見つけると、腰掛けた。体が傾いているのは、床几が歪んでいるからだ。

「長丁場になりそうだが、それも一興……」

と、そのときお松がなにか、気がついたように彦四郎の顔を見つめて、

「おかしいですねぇ」

「……なにが」

「どうして、私をこんなところに閉じ込めておくのです。さっさと姫さまたちのところに連れて行けばいいではありませんか。あなたこそそれができない何か後ろめたい気持ちがあるのではありませんか？」

「ばかな」

「では、姫さまのところに戻してください。そこですべてを話しましょう」

「そんな手には乗らぬ」

「まぁ……」

そのとき、外でがたんと音がした。

はっとした彦四郎が、音がした方向へ目を向けた。

「なに？」

戸は閉まったままだ。

誰かが入ってきたらもちろんすぐ気がつく。外で誰かがこのなかを窺っているのかもしれない。

彦四郎は立ち上がって、戸口まで進んだ。

開けた瞬間だった、棍棒のようなものが彦四郎の頭上に落ちてきた。

「う……きさまは！」

抵抗することもできずに、彦四郎はその場に倒れこんでしまった。

お松は、助けに来てくれた者の顔を見ながら、

「あなたが……どうしてここへ？」

驚きに、声が震えていた。

六

琴姫は、彦四郎だけではなく、お松までが姿を消したことに驚いていた。

浪花屋の部屋は二階だった。

窓から難波新地の町並みを見下ろすことができる。戎橋界隈《かいわい》に比べると少ないが、商売人を中心にして人の流れは多い。さすが商人の町である。

部屋の窓からはけっこう遠くまで見通すことができたが、ふたりの姿は視界には入ってこなかった。ふたり一緒にどこかへ行ったと考えることは難しい。お松は彦四郎のことを嫌っていたからだ。

小弥太が、捜しに行ったが、すごすごと戻ってきてしまった。ふたりともどこに行ったのか、途中、遠目で見て声をかけたのだが、そこから見失ってしまったのだった。その後の行き先はまったく不明だというのである。

「どういうことでしょうか？」

琴姫は、こんなことは初めてだ、と途方に暮れている。

源九郎としても、答えがあるわけではない。お松が江戸を出て箱根宿に着いた頃から、おかしくなったことは誰もが気がついていることだ。その直前に、誰かと会ったのではないかという琴姫の言葉も確かめようがない。

「どうしますかねぇ」

待つかどうか、小弥太が聞いているのだった。

そんなことを考えている場合ではなさそうだぞ、と源九郎が口に指を当てた。

琴姫もはっと息を呑んだ。廊下を人が歩いているような軋《きし》む音が聞こえた。小弥太も、十手に手を触れた。

源九郎が静かにするようにふたりに伝える。

音は静まっている。

敵が襲ってきたのだろうか?

源九郎は、琴姫にここから離れるように目で合図を送った。

大坂では土地鑑がない。

「どこに行けばいいのでしょう」

不安そうに琴姫が訊いた。

「私たちの居場所を誰が知っているのでしょう?」

「わかりません。ですが、あらゆる予測を立てておかないと」

「敵がいるとは限りません。それにさっきの音は、他のお客さんが立てたとも考えられるではありませんか」

「鼠《ねずみ》かもしれません。あるいは、鳥かもしれない。猫かもしれない。でも、敵かもしれない……」

慎重を期すことは悪いことではない、といったそのときだった。

がらりと部屋から廊下に続く襖が開いた。

「きえ!」

いきなり黒装束が部屋にすっ飛んできた。

小柄な男だが、それだけに敏捷《びんしょう》だった。源九郎が足を飛ばしたら、とんぼを切って足の上を飛び抜けた。

その隙に琴姫と小弥太を廊下に出させた。ばたばたと逃げる足音が聞こえた。

敵はひとりではなかった。琴姫を追いかけようとした覆面を源九郎が叩《たた》き潰《つぶ》した。

さらに後ろからもうひとり、突っ込んできた。源九郎は体を躱《かわ》した。

無謀な格好で入り込んできたように見えるが、覆面のなかで小柄な男の目が笑っている。

「さて、これからが本番だ」

小柄な男がくぐもった声を出した。

源九郎は、琴姫が廊下を走って行く姿を確認してから、答えた。

「人違いだ。私たちは伊勢参りに行く者だ。襲われる理由はない。物取りだとしたら、金目のものはないから諦めたほうがよいぞ」

いいながら後ろを向いた。琴姫は無事逃げたらしい。廊下を塞いで源九郎は覆面ふたりと対峙している。

「ほしいのは、物ではない。人だ」

こちらの正体を知っているということに違いない。

「どうしてここがわかった」

「なにぃ?」

源九郎の問いが、予測とは異なっていたのだろう、相手の力が抜ける。

「そんなことはどうでもいいだろう。もっと自分の身を心配しろ」

「誰かに教えてもらったとしたら、こちら側に裏切り者がいるということになる」

小柄な男は、後から突っ込んできた男と目を合わせている。どう答えたらいいのか問いかけているようだった。

「おぬしは誰だ?」

「私は、私だ」

「名前を聞いておる」

「おや、名は知らぬのか？　となると仲間に裏切り者が出たということではないらしいのだが、それもこちらを油断させるためかもしれぬなぁ」

「なにをごちゃごちゃと」

「こういう柄なのだ。といっても着物の柄ではない」

「……わけのわからぬことを」

「お前たちは誰だ？」

ふたりとも、返答はない。もっとも自分から正体をばらす侵入者はおるまい。

余裕を見せる源九郎に、

「源九郎さま！」

廊下の向こうから、琴姫の助けを乞う叫び声が聞こえてきた。

「しまった！」

部屋から逃げたから、問題はないと思ったことが油断だった。敵はもっと人数をかけて襲ってきていたのか……。

「琴次郎！」

返事はない。

小弥太の名を呼んでみたが、同じく返事はない。ふたりとも捕まってしまったのだろうか。源九郎は、敵の余裕ある態度を見て、

「これは、抵抗しても無駄なようだ」

思わず呟いた。逃げようとしたときに、小弥太が廊下をすっ飛んできた。

「旦那！」

「おう、小弥太、どうした」

「琴……さんが！」

目の上が切れて血が滲んでいる。

やはり琴姫はさらわれてしまったようだ。目の前にいるふたりは、覆面の目が笑っている。

「目的は果たした」

小柄なほうが、部屋から外に出ようとしたそのとき、

「待て！」

いままでとはまったく異なる身のこなしで、源九郎が飛んだ。

ひとりは廊下に出てそのまま姿を消したが、小柄な男は源九郎に肩を摑まれて、も

がいている。持った匕首《あいくち》を振り回そうと抵抗するが、源九郎の固める力が強いのか、動けない。

「無駄に暴れるとかえって痛さが増すぞ」

がっちりと、腕を逆手に決め直した。持っていた匕首が転がった。

「い……」

痛いといおうとしたのだろう。だが、口をつぐんだ。

「忍びらしいが、誰に雇われた」

答えはない。目線もあらぬ方向を見ている。目から表情を読み取られまいとしているらしい。

「あっぱれな態度といいたいが、ちと痛い目にあってもらおうか。本意ではないのだがな。このままでは困るのだ」

骨がみしみしと音を立てているようだった。

覆面のなかで歯を食いしばっている様子が見える。

だが、なかなか音《ね》を上げようとしない。それを見ていた小弥太が、

「このやろう！」

持っていた十手を思いっきり、肩に打ち付けた。みしりという音がした。

「てめぇ、いい気になるなよ！　今度はこれをてめぇの頭のてっぺんにお見舞いしてやる、覚悟しろい！」

思いっきり、振り上げながら、

「こんなところで脳天を叩き割られたとしたら、あまりいい死に様とはいえねぇぜ。どうだ！　とっとと白状しねぇかい！」

さすが江戸の御用聞き、と源九郎がいいたそうな顔をしている。

それでも、男は痛さに耐えている。

「よし……じゃ」

もう一度、振り上げると、

「ふん。あっしを殺したらあの女の居所がわからんままだろう。殺したら損なのは、そっちだ」

「足元を見やがって」

ふたたび肩に十手を振り下ろそうとしたとき、小弥太を止めて、源九郎は男の前に顔を突き出した。

「どうだ？　大坂は商売の国だという。取引せぬか？」

「なに？」

「これでどうだ?」

手を出して、指を二本出して見せた。

男の目がちらりと動いた。

「三、だ……」

「ほほう……。なるほど上方者はこんなときでも商売をするらしい。よかろう」

男は、口を開き始めた……。

第三章　さらわれた姫君

一

大坂は食道楽の町とともに、水の都とも呼ばれる。

それだけ水運が発達していて、川や掘割が縦横無尽に走っているのだ。

どの辺りなのかわからぬが、目隠しをされたままこの船に乗せられていた。

大きな船ではないだろう。せいぜい、四、五人乗りの平船だと思われた。だが、風が顔に吹きつけてこないところから、おそらくは屋根船なのだろう。

話し声から、琴姫以外にふたりいると思われる。

町人ではない、武家の語り口調である。それも、ひとりは身分の高い武士のように感じられた。

「姫……」

かすれた声の男だった。

「あの藤娘は、圧巻でした……」

「その声は……聞いたことがあります。水田屋ですね」

「気が付きましたかな？」

「町人ではなかったのですか」

「沢登栄之進と申す」

「今治柳の国家老の仲間ですね？」

「さすが、察しが早い」

「なにが目的です。私の命ですか」

「そうです……といいたいところですが、まさかそうはいきません。しばし、刻限をいただきたいだけです」

「刻限とな？」

ふふふ、と含み笑いが聞こえ、衣擦《きぬず》れの音が響く。

「そなたの後ろにいるのは誰です」

「…………」

「私を狙っている本当の親玉は、誰なのです。お甲の方さまですね？」

ごほんと沢登は、空咳をしながら、

「姫……よけいなことをしゃべり続けると、猿轡《さるぐつわ》を嚙ませなければいけなくなります。さすがに姫さまにそこまではやりたくありません」

「黙れと？」

「誘い水を向けても、無駄という意味です」

そうこうしていると、船が止まった。

ちゃぽんちゃぽんと、水が船板に跳ねる音が聞こえる。

目的地に着いたらしい。

声をかけられて、琴姫は目隠しされたまま、船を降りた。

足元の硬さから、地面は石を敷き詰められているらしい。船着場になっているのだろう。

「ここはどこです」

無駄とは思ったが、問うてみた。

返事はない。

滑って転ばないようにとの配慮だろうが、握られた手が汗ばんでいて、気持ちが悪い。ひとりで歩けるといいたかったが、こんなところで転んで怪我をするわけにはいかない。

だが、ひとつだけわかったことがある。

握られている手は若いということだ。沢登であったとしたら、年齢はもっと上のはずだ。手の皮膚が柔らかなのだ。それに、かすかに震えているのは、姫の手を持っているという気持ちからだろうか。

この者ならなにか教えてくれるかもしれない、と琴姫は心で呟いた。

沢登がいないところで話しかけてみよう――。

琴姫は、かすかに逃げ出す算段の望みが残っているような気がした。


連れて行かれた部屋はそばに川か、あるいは掘割があるのだろう、障子戸に水面《みなも》のキラキラが映っている。部屋のなかがかすかに赤い。それで夕刻だと判断できた。

しばらくは眠っていたらしい。薬でも飲まされたのかもしれない。

打掛けが体にかけられていた。それで寒くなかったのか、と琴姫は頷く。これならすぐ殺されたり、傷つけられるという心配はなさそうだ。

あの侍は誰であったのだろうか？

連れてこられた途中の船内を思い出してみる。あの、汗ばみながら震えていた手の持ち主は――。

若い侍に違いない。

姫という立場の自分に畏れを抱いているに違いない。それでなければ、あのように握った手が震えるわけがないだろう。

会えば、なんとか逃げる算段をしてくれるかもしれない。

あの汗ばんで、震える手は、頼みを聞いてくれるに違いない。

助けてくれるように、頼めばいい。

最初は拒否するかもしれない。それでもなんとか頼みこめばいい。助けてくれたらそれに相応する褒美《ほうび》を渡すといえばいい。

琴姫は、立ち上がって障子戸を開けてみた。格子がはめられている。座敷牢だった。その先には、小さいが、贅《ぜい》を凝《こ》らした庭が見えた。中央にはひょうたん形の池があり、その周囲を数個の石が取り囲んでいる。奥の方には、土が盛られて木立が植えられていた。

障子戸に透ける光の陰影は、この池からの知らせなのだった。

枯山水《かれさんすい》をそのまま表していることは確かだった。

これだけの庭を持てるとしたら、武家かあるいは金持ちの商人か。

水田屋という名前が浮かんだ。

水田屋は小田原の町にあるといっていたような気がする。

もちろん、ここが小田原のわけがない。

そのときふと疑問が浮かんだ。沢登は私たちが大坂に向かったことをなぜ知っていたのだ？

誰かが教えたとしたら？

仲間の中に裏切り者がいるのか……。

疲労したお松の顔が浮かんできた。同時に彦四郎の顔も浮かんだ。

まさか——。

あのふたりに限って、自分を裏切るわけがない。

としたら、源九郎、さま？

そんなことはあり得ないだろう。

同じく、小弥太親分も裏切るとは思えない。

裏切ったところで、ふたりにはなんの得もないからだ。

では、誰が？

果たして本当に裏切り者がいるのだろうか？

琴姫の頭は混乱の極みに達していた。

なんとか逃げる算段をせねば。それまでに源九郎たちが助けに来てくれたらいいとは思うが、土地鑑のない場所を捜すのは、至難の業だろう。

なんとか自力でここから逃げねばならない。

琴姫は、どこか抜け道のようなところがないか捜してみた。

部屋の入り口の外は廊下になっていると思えた。ときどき、板の間を歩く足音が聞こえてくるからだった。

とはいえこの部屋は座敷牢になって、逃げ道はないと思わねばならない。

落胆の声を出すしかなかったが、それでも庭に降りることができたら、そこから外に逃げられるのではないかと、気持ちを切り替えていた。

二

その頃、源九郎と小弥太は小柄な男と一緒に御堂筋《みどうすじ》を歩いていた。

「三百両もくれるというのは、本当だな？」

覆面を取った男が歩きながら源九郎に念を押している。

「なんだって？　三百両？」

驚いた顔で源九郎が訊いた。

「まさか、反故《ほご》にするわけではあるまいなぁ？」

「そんな気はないが……誰が三百両と決めた」

「……おぬしがさっき、指を三本出して、これで決まったのではないか！」

顔を真っ赤《まっか》にしながら、男が叫んだ。

覆面を取った顔は、童顔だった。まだ二十歳前後のような顔つきだが、本当のところはもっと上だろう。普段は、行商人として生活しているという。そのため、いま男は背中に大きな風呂敷包を背負っていた。

「確かに三本で手を打ったが、三両だ」

「な、なんだって？　それでは話が違う」

「三百両と勝手に解釈したのは、お前ではないか。私は最初に二本の指を出しただけで、二百両とはいってはおらぬぞ」

最初から騙すつもりはないのだ、と源九郎はじろりと男を睨んだ。

ちっと舌打ちをした男は、足の向きを変えようとした。目の前にあった角を曲がって逃げようとしたのである。

「おっと、そうはさせねぇ」

小弥太が十手を取り出した。こうなったら自分は江戸からきた御用聞きだと見せつけたほうが、大坂の町でも歩きやすいだろうと踏んだからだった。

男の名は、茂蔵《しげぞう》といった。忍びらしいから本当の名かどうかは不明である。小柄だが、顔が四角く大きい。上方中心に働いているわけではない、と本人はいうが、それも真かどうか。

騙された、といいつつも茂蔵はそれ以上無駄な抵抗はしない。

「源九郎さんは、不思議なお方だ」

「そうかな？」

「へそ曲がりのあっしをあっさり手なずけた」

「犬や猫みたいないいかたではないか」

源九郎が苦笑する。

「忍びだ。大して変わりはありませんや」

にやりと笑うと歯茎が見えた。

「ここは御堂筋といいましてね、大店《おおだな》が並んでいるところです」

いわれてみると、確かに大きな店が並んでいる。江戸でいえば日本橋駿河《するが》町や本《ほん》町に当たるだろうか。

「そんな解説はいいから、早く、琴さんがさらわれた場所に連れて行け」

「へぇへぇ」

御堂筋を南に向かって行くと、小さな寺が見えてきた。茂蔵にいわせると、由緒正しいわれがあるような寺ではないという。上方には、昔ながらの神社仏閣が多いから、つい畏れ多いような気になってしまう。

この寺の近くに琴姫はいるはずだ、と茂蔵は歩き続けている。

「誰が後ろにいるのだ」

源九郎が問う。しかし、茂蔵は自分たちは雇われただけだから、その裏にどんな人たちがいるのかは知らない、と答えた。その顔に嘘はなさそうだ。

「三百両が、三両に減ったから嘘をついているんじゃゃねぇだろうなぁ」

小弥太が十手の先をひらひらさせている。

「親分、あっしぁそんなけちな野郎じゃねぇ」

「金で寝返るような奴がけちじゃねぇのかい」

「それとこれは別だ」

ふん、と小弥太は鼻を鳴らして、まぁ、そこに行ってみたらわかる、と答えた。

広い御堂筋から、一本なかに入ると、とたんに幅の狭い道になった。

それをさらに西に向かって行くと、堀川《ほりかわ》にぶつかった。西横堀《にしよこほり》だと茂蔵が説明する。道は堀川に沿っているので、わかりやすい。

西横堀の対岸に、大きく派手な建物が並んでいる。

「あれは？」

「新町遊廓です」

小弥太が問うと、茂蔵が答えた。

「なんだと？　遊廓に監禁しているというのか」

新町遊廓は、大坂で一番の遊廓であった。廓《くるわ》は溝《ドブ》で囲まれていて、西大門、東大門だけが出入りできる場所である。

だが、琴姫が監禁されているのは、廓のなかではないという。西横堀沿いにある、大きな屋敷だと茂蔵は指差した。商人が住む寮のように見えた。そこにあの姫は監禁されているはずだ、と茂蔵は断言する。

「ちょっと待て」

源九郎が、茂蔵に問う。

「姫だと教えられていたのか」

「襲う相手を教えられたときに男装した女だと聞かされてましたからね。姫というのは、奴らの会話のなかから想像しただけです」

ううむ、と源九郎は唸る。

そうなると、やはり敵方、国家老の仲間にさらわれたと考えて間違いないだろう。

今治に着くどころか、大坂でさらわれてしまったのは失態だが、問題はどうしてこちらの動きが察知されていたかである。

しかし、いまは琴姫を助けるほうが先だ。

裏切り者を見つけ出すのはその後でも遅くはない。

「どこか裏口でもあるのか」

大きな屋敷だとなれば、裏口はあるはずだ。そこからなかに潜り込むことができるかどうか。茂蔵は、勝手口があり、そこから入ることはできるだろう、と答えた。

なかに武士はいるが、それほど大人数が集まっているわけではないという。じっと屋敷を見つめていても、用心棒などの武士がいるようには見えない。主だった武士の顔ぶれを訊いたら小田原から来たという会話が出ていたと茂蔵は答えた。

「それは……」

小弥太の目が源九郎に向けられた。

「ふむ、あの水田屋という男が怪しい」

「やはり、あの目はただの鼠《ねずみ》じゃねぇと思っていましたぜ。でも、水田屋は商人です」

「表向きそうしているだけであろう。あの物腰は武家のものだった」

「こっちを騙そうとしてあんな格好をしていたということですかい?」

「そうに違いあるまい」

「ふざけやがって……」

舌打ちをしてから、小弥太は十手をぎゅんと振り下ろしながら、

「それにしても、彦四郎はどうしたんだい。あの屋敷のなかにいるんじゃありませんかねぇ」

小弥太は、屋根に目を向けた。

「それも考えておかねばならぬな」

「お松さんも……」

そういってから小弥太は、はっとして、

「お松さんか、彦四郎のどちらかが裏切っていたんですね。だから、あの水田屋とかいう野郎がこっちの動きを摑むことができたんですよ」

「それもありそうだ」

「裏切り者は彦四郎に違いありませんや。お松さんはそれに気がついて、どこかに連れて行かれてしまったんですよ。そんなことしたら自分の正体がばれると気が付かねえとは、ばかだぜ彦四郎は」

「それも、ある」

「あぁ、じれってぇなぁ」

はっきりしない源九郎の答えに、じりじりしながら小弥太は源九郎に早く押し入ろうと誘う。

新町遊廓の大きな屋根瓦が夕景色に染まり始めている。男の姿が増えてきたのは、廓目当ての者たちだろうか。

振り返ると遠くに大坂城が見える。江戸城にも優るとも劣らぬ威風堂々とした姿が空に向かっていた。

大したものだと、源九郎は感心する。

この大坂城は豊臣秀吉《とよとみひでよし》が建てた当時のものとは異なっているが、それでもその威容は、話の種になる、と小弥太は喜んでいる。

大坂は幕府直轄地で、いまは文政七年（一八二四）。城代は松平康任《やすとう》であった。

ぐるりと黒板塀で囲まれ、堀を挟んで建つ建物を見つめている。

小弥太は茂蔵となにごとか交わしている。笑顔が見えるから喧嘩《けんか》をしているわけではなさそうだった。

「よし、堀を渡るぞ」

源九郎の合図で、三人は堀を渡った。

側《そば》で見ると、黒板塀は通常のものより高く、三人を拒絶している。

「これは……」

ただの寮とは思えねぇ、と小弥太が呟いた。

「監禁されているのは、おそらく、中庭が見える部屋です。そこは座敷牢になっていると聞いたことがあります」

茂蔵がいった。

「座敷牢だと？」

「捕まえたら、そこに突っ込んでおけ、という言葉が聞こえてきたんでね。おそらくそこでしょう」

「中庭が見えるとなれば……」

そこを目指せば良い、と源九郎が茂蔵を見つめる。ただ、忍び込んだところから中庭が見えるとは限らない。見えないところから入り込めばなかなか辿《たど》り着くのは大変だろう、と茂蔵はいうのだった。

源九郎は、茂蔵に潜り込み方を考えさせた。

茂蔵は、小首を傾げながら、

「それならやはり勝手口から入るのが一番うまくいくと思います」

「では、そこへ」

「ちょっと、ちょっと、気の早いお人だ」

茂蔵は、いまの格好で潜り込むのではなく、裏口を通過できる姿にならないとだめだ、というのである。

どういうことかと問うと、

「魚屋とか、八百屋とか、出入りの職人に変装するんです」

「そんなことができるかい！」

小弥太が叫んだ。もっと簡単な方法はないのか、といいたそうだが、茂蔵は引かない。

「あっしがうまくやるから、一緒に入ってきたらいい。まさか三百両で寝返ったとは連中も気がつくめぇ」

「三両だ」

「……へえ、まぁ、三両でも五両でも」

「三両である」

それ以上、びた一文追加は出さぬ、と源九郎は言い放つと、茂蔵は苦笑しながら、

「まぁ、いまはいいとしておきましょう。いえ、なにもいわねぇで、へぇ」

茂蔵は、ここでちょっと待っていてくれと体の向きを変えた。小弥太が逃げるんじゃねぇだろうな、と念を押すが、そんなばかなことはしねぇ、とにやりとする。童顔なだけあって、けっこう愛嬌《あいきょう》のある顔だ。

とにかく待っていてくれ、といって茂蔵は、西横堀を長堀方面に向かっていった。

「大丈夫でしょうかねぇ」

「私たちの変装用の衣装を捜しに行ったのだろう」

「やはり、やらねぇといけませんかねぇ」

「なかに潜り込む手段がそれしかないとしたら、仕方あるまい」

「騙されていませんかい？」

「それなら、それで終わりだ。ツキがなかったと思うしかあるまいなぁ」

「そんな……」

情けない顔をする小弥太に、源九郎はそばにあった大きな石に腰を下ろして、

「さて、茂蔵が戻るのを待つとするか」

腕を組んで、居眠りを始めてしまった。

三

「峰丸さん！　どうしてここへ？」

彦四郎を棍棒で叩いたのは、なんと峰丸であった。箱根で別れた峰丸がどうして、こんなところにいるのか、さらに、どうしてお松を助けたのか……。

疑問をぶつけるお松に、峰丸はにこりとして、

「あなたを助けに来たのです」

「………？」

意味がわからない、とお松は頭が混乱する。

「どうして峰丸さんが？」

「それは、これから行くところではっきりします。私についてきてください」

なにがなんだかわからぬまま、お松は峰丸についていく。

大坂の町はまったく初めてのお松だが、峰丸は慣れた足取りで道頓堀方面に向かっていくようだった。

峰丸は路地を入り、掘割に出た。その名が西横堀とは、お松は知らない。

掘割から屋敷につながる階段があった。そこが船着場になっているらしい。荷を運ぶほどの大きさはない。ということは、商人屋敷ではないと思えた。

周囲を見回すと、材木屋が多く並び、その奥に目を移すと遊廓らしき建物が並んで見えた。

お松はまさか、という目をする。

「心配なく、あそこに行くわけではありません」

旅の途中で見せていたような優しい顔つきではなかった。お松をどこか見下してる目つきに見える。

なにか隠しているとは思うが、それがどんなことなのか、お松には想像もつかない。

橋を渡るとすぐそばにある黒板塀の屋敷の敷地に入っていく。

どうしてこんなところへ来たのか？

お松の頭はますます混乱した。

屋敷は広かった。外からの見た目とは異なり、なかはまるで武家屋敷のようであった。

峰丸の後をついていくと、中庭が見えた。唐の絵を見ているようだ。この屋敷を持つ者はかなり力を持っていると思えた。

「ここは誰のお屋敷です？」

問うてみたが、峰丸は答えない。

ちらりとこちらを見ると、眉が吊り上がっていて、知っていた峰丸ではなかった。

「一座の方たちはどうしたのです？」

問いを変えてみたが、それでも返答はなかった。

廊下を何度か曲がったところで、障子戸の前で足を止めた。どうぞ、といわれ、お松は部屋のなかに入る。

がらんとした六畳の部屋だった。

簞笥《たんす》などの調度はなく、角行灯《かくあんどん》が部屋の隅に置かれてある。衣桁《いこう》があるのは、誰かが着替えるための部屋なのだろうか。

「ここでしばしお待ちください」

峰丸の言葉遣いが変わっている。旅一座の屈託のない話し方ではない。

「まさか……武家の娘？」

旅をしているときそんな素振りはまったく見たこともなかった。歩き姿から話し方から、すべてにおいて旅の役者だった。

それがいまは、武家言葉を使っている。

これはどういうことか？

あの態度は、武家のしつけを受けた物腰である。としたら、あの者は敵方の間者だったのか？

お松は、体を震わせた。背中から冷や汗が落ちてくる。

「とんでもないことになってしまった」

彦四郎から助けてくれたのはありがたいが、敵方に助けてもらったということになる。

どうしてこんなことになってしまったのか。

おそらくは――。

ひとつだけ予測はつく、とお松は呟く。

「まさかとは思うが……」

そこまで口をついて出たときに、障子戸が開いた。

入ってきた顔を見て、

「やはり……」

思わず、哀しい顔になってしまった。

水の音はさきほどより小さくなったようだ。さっきまでは雨でも降っていたのだろうか？　それとも池に流されていた水が止まったのかもしれない。

水の音が止まったと同時に、廊下を歩く音が聞こえてきた。

琴姫は、耳を澄ませた。

あの若い侍が来たのではないか、とかすかな期待を持った。

だが、違った。襖を開けた者は、沢登栄之進と名乗った。琴姫はふと気になって訊いた。

「その声は水田屋ですね？　水田屋長十郎という名は？」

「姫は耳もいいらしい……もちろん、仮の名前です。店もありません」

「ここはどこです。どうして私をこんなところに監禁しているのです」

「それは姫さまのほうが知っているのではありませんか？」

「……わかりません」

「ご聡明な琴姫さまとも思えぬ言葉ですねぇ」

「皮肉はやめて、はっきり答えなさい」

「そうそう、それくらい元気のいいほうが姫さまらしいです」

琴姫は、不機嫌な顔で目の前にいる男の顔を睨みつけた。

「ははは。噂通りの姫です」

「なにがいいたいのです」

沢登は、ふふと鼻で笑うと、

「そろそろ、本題に入りましょう」

「本題？」

「お甲の方と源右衛門の間で交わされた書簡についてです」

「………………」

やはり、その話だったのかと琴姫は内心、ほくそ笑んだ。ないものを出せといわれても困るのだが、文が存在すると思われている間は、命を取られることはないだろう。

「なんのことです」

「惚《とぼ》けられても、困ります。といっても、すぐどこにあるのか答えるとは思っていません。じっくりと責めることにしますから、お楽しみを」

「それは楽しみです」

「ほっほほ。じつに楽しい姫です」

沢登は、にやにやしながら下がっていった。

沢登の後ろ姿を見ながら、琴姫はため息をつく。

源九郎さまは、私を捜しに来てくれるだろうか？

彦四郎はどうしたのだろうか。

お松は？

自分の心配もさることながら、周りのみなのことも気になる。

いつまでも、こんなところに監禁されている気はない。とはいえ、逃げ出す算段も浮かんでこない。

琴姫は、肩を落とした。

四

お松は、入ってきた侍の顔を見て唖然とした。子供の頃から見慣れた顔である。それも近頃、文をもらっていた。

お松の憂《うれ》い顔は、その文をもらってからのことであった。

その文には、箱根の宿、あるいはどこかで近づいてくる侍、あるいは町人かもしれないが、その男の話を聞いてくれと書かれていた。

不審に思いながらも、箱根宿に着いて、廊下を歩いているとき、文が渡っているはずだと声をかけられたのである。

なにごとか、と話を聞くために中庭に行った。

そこで、聞いた言葉がお松の顔を曇らせたのである。

そして、いま目の前にいるのは……弟。

峰丸の姿は見えない。

「……どうしてここにいるのです」

驚きよりも不思議な顔で、お松は入ってきた弟に訊いた。

「姉上……このような仕儀になって申し訳ありません」

「ここはどこです」

「私が仕えている方の大坂屋敷です」

「仕えている？　というと今治柳の国家老側の？」

「はい……」

姉弟で、敵同士になった……。

お松が憂えていた最大の問題であった。

「私からの伝言はお聞きになっていますか？」

弟が訊いた。

「箱根で聞きました」

「それでは……」

「できません」

「姫が持っているという書簡をこちらにいただきたい」

「できません」

「それができなければ、私の命がないのです」

「なぜです」

お松の父親は、倉持義右衛門《くらもちぎえもん》といい土佐《とさ》の浪人であった。そこから流れて今治に入ったと聞く。仕官先を捜していたところ、今治柳藩に拾われた。剣術の腕が認められたという話であった。

お松が、伊予松平家に仕えるようになったのは、婚儀のためであった。夫は伊予松平家の、番方支配五百二十石という役についていた。だが、祝言を挙げて三年後、夫の上田三郎兵衛《うえださぶろべえ》は風邪《かぜ》をこじらせて他界した。そしてお松は琴姫付きの腰元となったのである。

母は、三代《みよ》といい義右衛門よりは一回り年下だったがあまり体は強くなかった。そのせいか弟の義一郎《ぎいちろう》を産んだあと、起きたり休んだりという病状を繰り返し、十数年後看病のため義右衛門が隠居し、弟の義一郎が家督を継いだ。

そして、今回の伊予松山藩と、今治柳藩の婚儀の話が持ちあがった。姉弟としてはお互い仕える姫君と若さまが一緒になるということで喜んでいたのだが、まさか柳藩でお世継ぎ問題が起きるとは、考えたことなどなかった。

弟が国家老側についていると知ったのは、お松が文をもらったときである。お松が琴姫の腰元として働いていると知った国家老側の沢登栄之進に、義一郎は呼び出された。そして、琴姫側の動向を逐一連絡させるように命じたのである。

沢登栄之進は、国家老の懐刀《ふところがたな》で、側用人《そばようにん》である。国家老の山之内源右衛門よりも沢登のほうが実質、力があるのではないかと噂される男である。その上役からの命に、背くわけにはいかない。

義一郎はさっそく姉のお松に、文をしたためたというわけであった。だが、その文も江戸家老側に渡ってしまうと困る。そこで、旅に出ると聞いていた義一郎は、途中の宿場で接触を図るように整えていたのであった。

「訊きたいことがあります」

お松は、弟を睨みつける。

幼き頃から見知った顔だ。だが、いまはお互い初対面のような応対だった。

「なんでしょう」

まだ幼き頃の面影は、眼や鼻、口に残っている。

お松は、なるべく一緒に遊んだ頃を思い出さぬように、心を抑えて、

「峰丸というのは何者です」

「……あれは、こちらが放った間者です」

「やはり」

「姫さまたちに近付いて、付かず離れず旅をするように命じられていたのです」

「まさか、国家老側の間者とは気が付きませんでした」

「男装が、すごく似合っていたので、驚いたと峰はいってました」

「本名は峰というのですね」

その名を出したとき、弟の顔がかすかに揺れた。

「……なるほど」

「なにがなるほどです」

「義一郎……峰さんと……」

「話はここまでです。とにかく姫さまがどこに書簡を隠しているのか、それを探りだしてもらいたい」

弟とは思えぬ冷たい声だった。

「その文を手に入れぬと命がないとは、どういうことです。峰さんとのことがかかわっているのですね？」

「いえません」

「その答えでわかりました。でも、姫さまを売ることはできません」

「それは困る！」

急に義一郎の声がうわずった。裏になにかあるに違いない、とお松は確信した。

「話してみなさい」

「……なにをです」

「峰さんとの間でなにか問題が起きているのでしょう。それが、いまの立場を危うくしている……」

「…………」

「正しき道はこちらにあります。歩き方を間違ったら、父上が泣きますよ」

父親の義右衛門は剣術遣いだけあって、武道には心が必要だと常に説いていた。心と正しき道は同じだ、と説いていた。

「それを違《たが》えてはいけません」

その教えは義一郎にも染み付いているはずである。

「しかし……」

「なにか理由があるのでしょう」

話してみるようにとにじり寄った。

だが、弟は眉を動かし、頰を歪め、手で拳を作る。

「話したくないのですか、それとも吐き出せない理由があるのですか」

「では、これで。また誰か来たときには良い返事を聞かせてください」

踵《きびす》を返して弟は、その場を辞していった。

懐かしい弟の体臭だけが残された。

だが、いまはその匂いが、汚らわしいものに感じてしまう。

弟が悪いのではない。

裏で糸を引いている誰かが悪いのだ……。

お松は、自分にそう言い聞かせた。

弟が自ら悪の道に入りこんだとは思いたくない。必ず裏に理由があるはずだ。それがどんなものか判明したら、またもとの可愛い弟に戻る。

話のなかで予測がついたのは、峰丸という旅一座を騙《かた》っていた女と義一郎は、いい仲なのだろう、ということだった。

さらに、峰との仲によって、弟は姉とは反対の立場につかなければいけなくなった、と考えられる。

そこに答えが隠されているに違いない。

お松は、そこで思考を変えた。

弟の件はなんとかなる。

いくら立場を変えたとしても、姉弟である。気持ちはつながっている。いまでも義一郎が苦渋の選択をしていることは痛いほど伝わってきた。本人が隠そうとしても、姉は弟の内面はよくわかるのだ。

お松は、姫はどうしているだろうかと顔を思い浮かべた。

周りからは、じゃじゃ馬と思われているが、それは表の顔。内面はやさしく、ときには自分を犠牲にするだけの義俠《ぎきょう》心もある。でなければ、嫁入り先の確執に首を突っ込もうなどとは思わぬはずだ。

――でも……。

お松は、そこで思考がまた移った。

源九郎さま――。

不思議なお方だ、とお松は呟く。

最初は、胡散臭《うさんくさ》いところも感じられたのだが、いまでは、すっかり琴姫さまは心を奪われている。まだ、はっきりと決まったわけではないが、このまま縁談が進められると、祝言になる。琴姫本人の気持ちはまだそこまで固まっているとは考えられないのだ。

源九郎のことを考えると、なんとなくほんわかする。

稀有《けう》なことだと思う。

姫もそんなところに惹かれたのだろう。もっとも、これ以上深くなられると困るのだが、

「姫も大人ですし……」

そう考えるようにした。

「初めはすぐ逃げたいと思ったけど……」

義一郎の姿を見てから、そうはいかぬと考えなおした。なんとか姉弟が同じ立場になれるようにしたい。それには、この屋敷にいながら義一郎を説得する機会を待った

ほうがいい。

そのうち、姫たちが助けに来てくれるかもしれない。

お松の姿が消えたのを、そのままにしておく姫ではない。

源九郎さまもついている……。

それと――。

それを探りながら、助けを待とう。

お松は、唇を噛みしめてから、それまで負けない、と呟いた。

まさか姫が同じ屋敷内に監禁されているとは夢にも思わないお松であった。

五

じっと遊廓の屋根を見つめている小弥太に、

「へへ。一度どうです?」

茂蔵が笑いかけた。

小弥太はばかなことをいうな、と応じた。遊んでいるときじゃねぇ、といいながらも、じっと遊廓群を見ている。

「まぁ、この仕事が終わったら、ぜひ」

女衒《ぜげん》みたいなことをいう茂蔵である。

「そんなことより、これはなんだい」

ちょっと待っていてくれといって、しばらく姿を消していた茂蔵が戻ってきたときには、棒手振《ぼてふり》用の衣装を抱えていた。

「親分はこれを」

そういって、見せたのは黒い法被《はっぴ》だった。

背中には、大きく丸が描かれていて、そのなかに、八という字が書かれている。

「まるはちという魚屋に化けてもらいます。十手は絶対に見つからねぇようにしてくださいよ」

茂蔵が持ってきたのは、法被だけではない。天秤棒と盤台も一緒である。小弥太にそれを担げということなのである。

舌打ちでもしそうな顔で、小弥太は法被を羽織った。

源九郎が渡されたのは、宗匠頭巾《そうしょうずきん》と括袴《くくりばかま》だった。それに袖なし羽織。

「あっしが連れてきた、俳句の師匠とでもいってください」

茂蔵は道端の天水桶を指さした。その陰で着替えろということらしい。にっと笑った源九郎は天水桶の裏に回り、すぐ出てきた。

頭巾を被り、括袴を穿《は》くといかにもそれらしき格好に変装していた。

「ふたりとも、よくお似合いで」

さらに源九郎は、利休鼠の袖なし羽織を羽織った。たしかに、いかにも俳句でもひとひねりしそうな姿に変身した。

「旦那は、どこかやんごとなき雰囲気を持ってますからねぇ。そんな格好がぴったりだ」

茂蔵が、感心している。

「これでなかに潜り込めるのか?」

源九郎が問う。

変装するのはかまわぬが、本当に潜入できるかどうかそれが問題だ。それに対しても、茂蔵は太鼓判を押した。

「ご心配なく」

屋敷のことはすべて把握しているのだ、と答えた。

本当にまかせてしまっていいのだろうか、と小弥太はまだ不安そうだが、茂蔵は五両のためだ、と笑った。

「三両である」

「はい、はい。なかなか上がりませんねぇ」

「予算があるのだ」

「……本当ですかい？」

「生きていくのは辛いのだ」

「……そうは見えませんが」

「仮の姿である」

「……まぁ、いいです。で、なかに入る算段ですが」

茂蔵が、説明を始める。源九郎と小弥太は黙って聞くしかない。

「勝手口は、あの屋敷の西側にあります。そこには勝手方の女中がいます。その女中はあっしを知っているので、まぁ、なんとかなるでしょう。源九郎の旦那は、俳句の師匠ですから、その旨を奥に伝えてもらいます」

「いきなり行ってもいいのかい」

小弥太は不審な顔をする。

「出入りの者がけっこういますからね。俳句の師匠が売り込みにきた、といえばそれほど疑われません。もちろんあっしがいないとだめですよ」

「ふん、そうかい」

「それから、親分は魚屋ですから、なにか活きのいい魚を見せてもらいます」

「魚などどこにあるのだ」

「なに、その辺りで買って行きましょう」

「ううむ」

茂蔵は、源九郎に目を向けると、

「ここでもちと予算がかかりますが……」

「ふむ、仕方あるまい」

「では、そちらはあっしが仕入れてきます。親分に魚の良し悪しなど見る目はないでしょうからねぇ」

「け、いちいち気に障ることをいう野郎だぜ」

「姫さまを助けたいなら、いうことを聞いてもらいましょう」

「わかってらぁ」

では、ちょっと行ってきます、と頭を下げて、西横堀を渡っていく。その姿は、町人とも商人とも思えない素早さだった。後ろ姿も、目配りを怠っていない。源九郎はにやりとしながら、

「あれは、やり手だな」

「そうですかい？　だったら、あっしたちに捕まるのはなにか変です」

「そうかもしれん」

「信用できますかねぇ」

「いまは、しておくしかあるまい」

「裏切ったふりして、本当は連中に通じているということはありませんかい？」

「それならそれで、またよろしい」

「こっちの動きは筒抜けですぜ」

「まぁ、よいではないか。試してみる価値はある。あの男、なかなか見込みがあるぞ」

「なにがです？」

「仲間になったとしたら、けっこうな援軍になるということだ」

「あの野郎のいうことが騙《かた》りじゃねぇとしたらですがねぇ」

源九郎は腕を組んで天を仰ぐ。

「あの雲と同じだ」

「はい？」

「流れに身を任せるのだ。行く先は極楽か地獄か。先が見えぬのもまた一興」

「あっしには、そうは思えませんです」

小弥太がため息をついたところに、茂蔵が堀を渡って戻ってきた。

「これを……」

茂蔵は、大きな魚籠《びく》を手にしていた。そのなかに魚が入っているという。どこからそんな魚を手に入れてきたのか、問うと、

「なに、仲間はあちこちにいますから」

にやりとして答えた。忍びの仲間たちがいるということらしい。

「誰に仕えておる」

「あっしの主人は、日之本源九郎さまですよ」

「……そうか」

あっさりと源九郎は頷いた。嘘ではないのだから不服をいう気はないらしい。だが、小弥太はそんな答えでは得心できねぇ、と頬をふくらませて、

「そんなことでごまかしちゃいけねぇ。本当は誰に雇われていたんだい」

「……それは、はっきりとは知りませんよ。源九郎さんだって、どこの誰か、あっしは知らねぇ。金で動くんですからねぇ。三両じゃ安いんですが、なんとなく惚れてし

「まいましたからね」

「なんだって?」

「なんだか、人の気持ちを惹くお人ですから」

「ううむ、と小弥太は唸る。たしかに源九郎は人を惹きつけるところがある。だが、茂蔵の言葉は本当なのかどうか信用していいのか、わからんと呟いた。

「すぐ、この気持ちがはっきりしますから」

屋敷に潜り込むことができたら、疑いの気持ちも消えるといいたいらしい。

「じゃ、行きましょう」

茂蔵が、ふたりに目を送る。

かすかに緊張の色が見えていた。やはり、裏切ったところに入り込むという気持ちがあるのかもしれない。

「よし……」

源九郎が答えると、小弥太は、丸に八と書かれた法被の前を開いて、懐に入っている十手の柄を握った。


勝手口に着いた。

板の間で数人の女たちが立ち働いている。茶色の前垂れがお揃いだった。

「おや、茂《しげ》さん」

働いている女のなかでも、一番年上らしい女が近付いてきた。

どうやら、茂蔵という名は本当らしい。

女は、前垂れで手を拭《ふ》きながら、茂蔵の前に座った。

「どうしたんです？」

問いながら宗匠頭巾の源九郎と、丸八の法被と盤台を勝手口の前に置いた小弥太の顔を胡散臭そうに見つめている。

「こちらは、俳句の師匠で、玄奘《げんじょう》さんといいます」

「玄奘さま？」

「はい。沢登さんが俳句をやりますからね。たまには連歌でもやったらいいのではねえかと思いまして」

「茂さんは、いろんな人をご存じですねぇ」

四十がらみと思える女だった。目は細いが体は丸い。人の好《よ》さそうな女だ。それでも、勝手を預かっているからだろうか、ときに、探るような目つきになる。

「こちらは新しい魚屋さん？」

盤台のなかを覗きこむような素振りをする。

「へぇ、弥太《やた》さんといいましてね、近頃、あっしが懇意《こんい》にさせてもらっている方です。なかなかいい魚を見せてくれるので、こちらのお屋敷でもどうかと思いまして、へぇ」

ここでは、茂と名乗っていることは判明したが、どんな立場にいるのか、女との会話だけでは、はっきりしない。

源九郎は勝手を見回している。竈《かまど》があり、水場もある。どこにでもある勝手口だった。板場はここの隣にあるらしい。とんとんという包丁の音が小気味いい。

「うまそうな匂いがする」

源九郎の呟きを女中が聞いて、微笑《ほほえ》んだ。白っぽい顔に、すうっと通った鼻筋。宗匠頭巾をかぶっていても、全身から醸《かも》しだされる高貴な雰囲気は隠しようがない。女はかすかに不思議そうに小首を傾げた。

「お富士《ふじ》さん、この方はちとおかしなところがあるんですよ」

茂蔵が、笑いながら源九郎の方を見る。

つられて、お富士と呼ばれた女も、そうですか、と微笑む。のんびりとした源九郎のたたずまいに、親近感を覚えたらしい。

「旦那は？　いますかい？」

茂蔵が、屈託なく尋ねる。

「……あぁ、いるんだけどねぇ」

「なにか？」

「いえね。さっきから大事な客が来ているようなんですよ」

「ほう、お客さんが。どんな方です？」

「それは、いえませんけどねぇ……」

いえないといいながら、お富士は興味ありげな目つきで、

「女の方なんですけどね」

「ほう、女の方」

「それも……」

なにかいいかけたところで、板場のほうから男が出てきた。

「お富士さん。よけいなことをいっちゃぁいけねぇなぁ」

「あ……亥之《いの》さん」

包丁人なのだろう、白い前垂れをした男がお富士の後ろから声をかけた。茂蔵の顔を見ると、ふっと意味ありげな目つきを送ってきた。

六

「亥之吉《いのきち》さん。客じゃ忙しいだろう」

茂蔵がかまをかけた。

「あぁ、まぁなぁ」

頬に傷を持っていた。包丁人としてはどこか剣呑《けんのん》な雰囲気を見せている。茂蔵がちらりと源九郎に目線を送った。その目は仲間だ、と語っているように感じられた。

いま、茂蔵は源九郎側についているが、亥之吉と呼ばれた包丁人は、敵だと思わねばならない。

出刃を持ちながら立っている腰つきは、剣術もかなりの腕と思える。

「やぁ、さっきのうまそうな匂いはあんたの料理ですかな?」

源九郎は、俳諧師に見えるような口調を作る。

「まぁ、そんなところにいつまでも突っ立っていねぇで上がったらどうだい。お富士さん、魚は今日はいいぜ」

小弥太の盤台は見ずに、お富士に告げた。

そうですか、とお富士は答えて、小弥太に申し訳なさそうな目を向ける。

「じゃ、しょうがねぇ」

いかにも残念そうに、小弥太は盤台の縁を撫でている。いかにも魚屋がやりそうだった。岡っ引きとして、あちこち見回っているうちに、自然と魚屋の仕種が目に入っているのだ。

「俳諧師の方……」

亥之吉が、じろりと源九郎を牽制する。

「ここの旦那は俳句をひねりますけどね、数日の間はお相手をするのは、ちと無理だと思いますよ」

「ははぁ……それは残念」

「亥之さん、どうだろう、あの中庭だけこのお方に見せてやるってのは」

「中庭を?」

「せっかく来てもらったんだ。なにか俳句の種になるような場所でも見せてやりてぇと思ってね」

「……なるほど」

「あんたも、少しはやるんだろう?」

「なに、旦那に付き合っているだけさ」

「あの中庭はいろいろ趣《おもむ》きのある場所だからねぇ」

亥之吉は、しばらく考えていた。源九郎はにこりと微笑んだまま、よけいなことはいわずに周りを見たり、茂蔵と亥之吉のやり取りを窺っている。

「……ううむ。本当はこの二、三日は、あまり他人を屋敷のなかに入れちゃいけねぇんだろうがなぁ。しょうがねぇ。ただし、中庭だけだぜ」

亥之吉が答えると、

「おう、ありがてぇ」

茂蔵は、慣れた足捌《さば》きで板の間に上がった。

お富士以外の女中たちは、竈の火を見たり、水を板場に運んだりしている。こちらには、あまり興味はなさそうだった。

板の間に上がると、お富士は離れたが亥之吉は付きっきりだった。

警戒を解いていないのだろう。茂蔵についても疑っているのだろうか？

亥之吉の足捌き、腰が揺れぬ歩き方など、どこから見てもただの包丁人ではない。

そんな男がいるということは、やはり、茂蔵のいうとおり敵方の隠れ家だと考えられた。

だが、敵の首領が誰なのかそこまで判明しているわけではない。それより大事なことは、果たして琴姫がこの屋敷に監禁されているかどうかだ。

茂蔵の話が間違っていなければ、なにかそれらしき形跡を見つけることができるかもしれない。

茂蔵が中庭を見せたい、といったのも目的はそこにある。

亥之吉という男の目をごまかしながら、姫の居所を探るのは至難の業だろう。茂蔵になにか策があるのかどうか、それは源九郎にも不明だ。

小弥太は、魚はいらないといわれて追い出されてしまった。

だが、小弥太のことだから、周りの聞きこみに歩いているはずだ。

源九郎は、亥之吉という男を改めてじっくり観察してみた。

顔は、強面《こわもて》といえるほうではないが、いざというときになると、手強そうである。

右腕が左腕より太いのは、剣術をみっちりと仕込んでいるために間違いない。それに忍びだとすれば、命のやりとりをすることもいとわないだろう。

茂蔵と違って、金をちらつかせたところで、寝返るとは思えない。融通がきくような雰囲気はなかった。

亥之吉は源九郎の動きを牽制するためか、横にぴたりとくっついていた。中庭までは、廊下を何度か曲がった。

「ここです」

自慢するふうないいかたをする。

「ほう……これは確かに立派な庭ですなぁ。俳句心を目覚めさせてくれそうです」

「……玄奘さんといいましたね」

「はい」

「その名は、天竺《てんじく》を目指したといわれる坊さんから取ったのですか？」

「ほう、料理人とも思えぬ知識ですなぁ」

「なに、そんなことは子どもでも知っていることです」

「そうですか」

「孫悟空《そんごくう》は、子どもたちの間では、人気のお話ですから」

「なるほど」

草双紙になっているくらいだから、子どもたちが知っていても不思議ではない。寺子屋などでは、ときどき話を聞かせています、と亥之吉はいった。

「亥之吉さんは、寺子屋で手習いなどを教えているんです」

茂蔵が、立派な方なんですよ、と説明した。

「ほう、寺子屋で……」

寺子屋には、侍から町人までいろんな親が子どもを連れてくる。親たちから入る噂話のなかには、とんでもない真実が含まれていることがあるのだ。

忍びとしては、いい情報源となる。

亥之吉は源九郎がそこまで読んでいるとは思ってはいないだろう。かすかに頬をゆるめて、

「まぁ、子どもは、あのような冒険話を聞くときが一番静かになるのです」

「なるほど、なるほど」

何度も頷きながら、源九郎は庭には降りずに、廊下をうろうろと歩き回る。もちろん、座敷牢らしき部屋を捜しているのだ。

「玄奘さま」

廊下をまっすぐいったところで、止められた。

「そこから奥にはいかないようにお願いいたします」

「ほう、なぜですかな？」

「奥向きには、私たちは入れないことになっているからです」

「おや、鬼でもでますか」

「ふふふ。まぁ、そう思っていただいたほうがいいかもしれません」

「おお、くわばらくわばら」

肩をすくめて源九郎は戻りながら、くんくんとなにかを嗅《か》ぐように鼻を鳴らし、

「庭の香りがここまで漂ってきますねぇ」

「……そうですか？」

茂蔵が、庭に鼻を向けたが、そうかなぁと首を傾げた。

忍びは、いろんな香りにも敏感である。だが、茂蔵は庭から花などの香りを感じることはできなかった。

するると、突然、亥之吉が厳しい顔つきに変化して、

「玄奘さん。今日はお帰りください」

「はて……」

「数日後にでもまたおいでください。そうしたら当主にも話をつけておきましょう」

「ははぁ……」

どうしていきなり帰れと言い出したのか、茂蔵は不審な目を亥之吉に向けたが、詳しい説明はない。それより、源九郎を見る目がいままでとは異なって、危険なものを見るような視線に変化していることに気がついた。

どうしたのか、と亥之吉に尋ねようとして、茂蔵ははっと息を呑んだ。自分に対する態度に、敵意が生まれていることに気がついたからである。

——ばれた……。

茂蔵は、源九郎に伝えようとしたが、当の本人はのんびりと庭に降りて行こうとしている。亥之吉の言葉など聞いていなかったような態度だった。

「玄奘さん！」

慌てて、亥之吉が追いかけて肩を摑んだ。

「なにをなさりますかな？」

源九郎が振り向いた。

「あ……」

亥之吉は言葉を失っている。振り向いた源九郎の表情が、いままでとは一変していたのである。

「あの……」

「どうかいたしましたか」

ふたりを見つめていた茂蔵は、源九郎の目から光でも出ているのではないかと思ったほどである。

源九郎からは離れていた茂蔵だが、その威厳に思わず数歩下がりそうになったほどであった。

――やはり、あの方はただ者ではない。

茂蔵は、心で呟く。

ただ者ではない、と感じたのは茂蔵だけではなかった。

亥之吉も源九郎の光背でも背負っていそうな威厳に、吹き飛ばされそうになっている。その妖しげな光に、亥之吉が畏れをなしているのである。

それでも、亥之吉はこの屋敷を守ろうとしている。

「申し訳ありませんが、今日のところはお引き取りください」

お願いします、とさらに頭を下げた。

「そうか……ならば仕方あるまいなぁ。ちょっといい句が生まれそうになっていたのだが」

「申し訳ありません……あのぉ」

「なんだな？」

「後学のために、どんな句が浮かんできたのか教えていただけたらありがたいのですが」

その言葉を聞いた源九郎は、ふむ……と唸っている。

茂蔵の背中を冷や汗が流れだした。俳諧師に化けたのは、いわばその場しのぎだ。ここでできぬとは源九郎としてもいいにくいはずである。

苦吟する源九郎をみて、なにか助け舟をだそうとしたそのとき、

「秋風や落ちて悲しき松ふぐり」

大きな声で叫んだと同時に踵《きびす》を返した。

「おそまつ」

「あ、いや……」

その句のできがいいのか悪いのか、亥之吉は判断できないらしい。

茂蔵は、これはいかぬ、と内心、汗をかいている。秋風と松ふぐりは季重なりだからだった。

松ふぐりとは松ぼっくりのことで、秋風と同じ秋の季語である。

しかし、と茂蔵は思う。源九郎はわざと季重ねで詠んだのではないか、と思ったのである。俳句に素養のありそうな源九郎が、まぬけな季重ねをするとは思えなかった。

源九郎は、廊下の曲がり角を間違えたり、あらぬ方向に行ったりしながら、亥之吉

に注意を受けつつ、屋敷の外に出た。

小弥太が待っていた。感心なことにまだ丸八の法被を着て、盤台をそばに置いたまま、板塀のそばにしゃがんで煙草を吸っていたのである。その姿は、まさに魚屋であった。本当に魚をくれと頼む客がいたのではないかと思えるほど、似合っている。

「魚屋、すまぬが鯛《たい》はあるかな？」

わざと源九郎が、訊くと、

「鯛、ですかい？」

小弥太は、盤台を開いてありません、と答えた。そのやり取りを茂蔵は、半分呆れながら見ている。

「なに、ないとな。しかしな……」

源九郎は体を屈め、小弥太の前に顔を出して囁《ささや》いた。

「今夜は大漁だぞ」

その目はいたずら小僧のようである。なにやら、楽しいおもちゃでも見つけたような顔をしている。

「はい？」

「あの屋敷でな……ふふふ」

含み笑いしながら、源九郎は黒板塀で囲まれた屋敷に視線を送った。

第四章　燃え上がる大坂屋敷

一

深夜だった。

月は雲に隠れて、明かりはほとんどない。

夜でも早い時間は道頓堀は百花繚乱《ひゃっかりょうらん》。提灯《ちょうちん》やぼんぼり、常夜灯の光などが華やかに、川面を染めている。

だが、いまはのっぺりとした黒い水が流れる音が聞こえるだけであった。

「道は覚えてますかい？」

小弥太が、源九郎の横を速歩で追いかけながら、聞いた。

「当たり前だ」

「本当ですかねぇ」

「昼に目印をつけておいたのだ」

「それは、すげぇや」

「だが、夜になったら見えなくなった」

「だめじゃねぇですかい。といいますか、そんな目印なんざどこにもつけていませんでしたぜ？」

「私の勘を信じろ」

「いえ、あっしは自分の勘を信じます。そっちじゃありません。もうひとつ向こうの角を左です」

「そうかもしれんな」

ひたひたと駆け足の音が響く。

ふたりは、難波新地にある旅籠から出て、道頓堀から西横堀に向かっていたのである。周囲の民家はすっかり眠っている。猫の子一匹いない。遠くから夜回りの声が聞こえてきた。それに呼応して、犬の遠吠えも響く。

「なんだか不気味ですねぇ」

「彦四郎はどうしたかな？」

「こんな夜は、幽霊でも出そうですぜ。まぁ、いまは冬に向かってますから、奴らも出る時期じゃねぇと思っているかもしれませんが」

「お松も消えた。ふたりはどこに行ったのだ？」

「あっしの話、聞いてますかい？」

「幽霊よりも、ふたりの行方のほうが大事ではないか」

「はぁ……そらぁまぁ」

「どう思う」

「幽霊ですかい？」

「彦四郎とお松だ」

「さぁ……。あの屋敷にいるというのはどうです？」

それもありそうだ、と源九郎は、ふと足を止める。

「誰かいる」

尾行されている、というのだ。

小弥太は、気がついていない。源九郎が、かすかな足音を聞いたらしい。

「敵かもしれません……」

身構えながら、小弥太は懐に隠している十手に手を伸ばした。

やがて小弥太にも足音が聞こえてきた。身構えながら、小弥太は源九郎の後ろに回った。

速歩をゆるめたときに、

「何者だ」

先に訊かれて、源九郎はその声に首を傾げる。

闇のなかで佇むその姿に、見覚えがあったからである。片足を引いているように見える。

「おぬし難波彦四郎か」

「む……日之本……」

「無事であったか」

いままでどこにいたのか、とは訊かなかった。答えたくなったら自分で話すだろう、と思ったからだ。

「お松はいるか」

「おや？ お松さんと一緒だったんじゃねぇんですかい？」

「もうひとりは……親分だったのか。どうりで影を見たときに、見覚えがありそうだと思った。お松については、こちらが知りたい」

「本当にそう思っているんですかい？」

小弥太の声は不審そうである。片手を懐に隠していうのは、十手の柄を握っているからだ。

「お松の動きが怪しいと思って、つけた。そうしたら、撒《ま》かれてしまったのだ」

「おぬしが？」

首を傾げる源九郎に、

「お松には後ろ盾がいたのだ」

「ほう……」

三人は会話を交わしている。そのとき、かすかに雲に隠れていた月が姿を現した。おかげでお互いの顔もなんとなく認めることができるくらいになった。

「……どうしたのだ、その額は」

彦四郎の額に晒《さらし》が巻かれていた。かすかに血も滲んでいる。

「自分で巻いたのだ」

「誰にやられたんです？」

「お松の仲間だ」

「そんな人がいたとはねぇ」

彦四郎は、お松が箱根宿で誰かと密かに会っているようだったから、探っていたのだ、という。

「心斎橋筋にある小屋まで連れて行って、秘密を聞こうとしたら、その仲間に殴られたのだ」

小弥太は、本当かねぇとなかなか信じることができないらしい。

「あの大人しいお松さんが、敵方の間者《かんじゃ》だったっていうんですかい？」

「そう考えるのが、一番しっくりくるではないか」

彦四郎は、吐き出すようないいかたをした。女に出し抜かれたのが我慢ならないらしい。

「そんなことより琴姫の居場所を知っておるか」

源九郎が訊いた。

「まさか……」

「いまから助けに行くのだ」

彦四郎は、琴姫がさらわれたことは知らなかった。慌てた顔で、彦四郎は琴姫の居場所を訊いた。

「新町遊廓のそばだ」

「遊廓だって！」

「し……大きな声を出すな。売られたわけではない」

三人は、四ツ橋《よつばし》を木津川《きづがわ》方面に向かった。

途中何本かの橋を過ぎて、遊郭にかかる新橋を見ながら、富田屋橋《とんだやばし》を渡った。

昼にそれらの橋の名前を源九郎はなんとか覚えていたらしい。ひとつひとつ確認し

ながら、

「ここを渡ったところにある建物だ」

　舟で来ても良かったかもしれない、といいながら大きな屋敷の前で足を止める。

「ここに姫が？」

「監禁されているに違いない。見たわけではないがな」

　大きな廓の屋根は月明かりに妖しく輝いている。

　だが目の前に建つ屋敷の屋根は黒々として不気味である。盗人でも敬遠するのではないかと思えた。

　彦四郎は、よけいなことをいわずに黙って走り続けていた。

「旦那……」

　小弥太が、横に並んで話しかけた。

「どうした？」

「塀を乗り越えないといけませんができますかい？」

「さぁなぁ。心配するな。なんとかなるものだ。まずは、もっと近くに寄ってみようではないか」

　源九郎が、門の前まで進んでいく。

彦四郎は怪訝な顔をしながらも一緒に行くしかないと決めたのだろう、周りを見ながら後を追った。

小弥太は見張りをするつもりか、動かない。

門はもちろん、ぐるりと囲んでいる板塀も、蟻《あり》の這《は》い出る隙間も見つかりそうにない。

「この堅固さは見るからに怪しい」

彦四郎が呟いている。

二

深夜に響く彦四郎の声は、どこか不気味である。

板塀を回っていると、塀の外に枝が出ている場所があった。

「あの木を使おう」

源九郎が、歩き出した。

屋敷を取り囲んでいる板塀に向かって、なかから松の木が伸びている。それを伝って入ろうという策らしい。

「あれなら使えそうだ……」

彦四郎も得心する。源九郎の考えに同調する様は、いままでの彦四郎にはなかったことである。お松に逃げられたことが彦四郎の気持ちを大人しくさせているのかもしれない。

「入れますかい？」

離れていた小弥太がそばに寄って来て訊いた。十手を取り出しているところからみると、やる気が出たらしい。肩にも力が入っている姿が夜目にもはっきりわかる。

そんなに固くなるな、と源九郎は笑いながら、親分、できるかと訊いた。

「木登りですかい？」

「そうだ」

まぁなんとか、と答えて小弥太は、塀のそばまで進み出た。十手を懐に差すと、少し下がって弾みをつけて跳んだ。一度目は失敗だった。

二度目はうまく片手が松の木に届いた。

たわんだ枝が、さらに曲がって塀の半分あたりまで折れ曲がって、手を伸ばしたら届くところまで近づいた。よくやった、と源九郎は誉めてから彦四郎の顔を見た。

私からか、と彦四郎は苦笑する。源九郎はニヤリとしながら、

「一番乗りをしたいであろう?」

と訊いた。彦四郎はおもむろに頷き、先に行く、と答えた。

数歩下がると、とととと走ってやっと小さく叫んだ。一度で松の枝に摑まった。

小弥太が嫌そうな顔をする。自分が苦労して摑んだのだといいたいらしい。

すぐ源九郎が続いた。これもあっさり枝に届いた。

小弥太が、ブツブツ言いながら、摑んでいた枝を、伝わり塀を飛び越えた。

先に庭に降りていたふたりが、しゃがんで待っていた。

かすかではあるが、月明かりが届いているのがありがたい。周囲がなんとなくだが見えている。周りには松の木が並んでいる。

「旦那……。この庭であっているんですか」

「違うな」

別の庭のようである。昼間に見た庭なら池があるはずだが、どこにもなかったのである。

源九郎はおもむろに這い出した。

中庭がどこなのかはっきりしているわけではない。闇雲に進んでも辿り着くことができるのだろうかと、小弥太は囁いている。

その気持ちは彦四郎も、同じらしい。先がわからないのでは、どうにもならないのではないかと、小弥太の顔を覗きこむ。小弥太は頷き、

「旦那……」

「黙ってついてこい」

源九郎は、腹ばいになったまま進んでいく。まるで行き場を知っているかのようだ。このままで間違いないのか、と彦四郎はふたたび小弥太の顔を見た。

小弥太にしても源九郎の行動は予測がつかない。

「もう少しだ。安心しろ」

源九郎は振り向いた。

「大丈夫ですかねぇ」

小弥太が問う。その声には疑惑が含まれているが、源九郎は間違いないと自信を持って頷いた。

いまは、源九郎の言葉を信じるしかない。彦四郎と小弥太は黙ってついていくことにした。

しばらく、背の低い草が生えている場所を進んで行くと、小高い丘のような場所にでた。

「ここだ」

振り向きながら、源九郎がいった。

「この小高い丘の向こうが、昼に見た中庭だ」

どうしてそのように断言できるのか問うと、

「ここが廊下から見えていた奥の山だ。枯山水のように見えていた丘の後ろ側だ」

自信ありげに、源九郎は答えた。

「旦那がいうのならそうなんでしょう」

「よし……」

彦四郎が、早くもその丘を登ろうとする。ずりっと滑って、膝をつきながらなおも登ろうとするところを、

「まぁ、待て……。敵の目がどこにあるのかわからぬ」

よじ登っていこうとする彦四郎の袖を源九郎が摑んだ。

「しばらく様子を見よう。ひょっとすると、琴姫が出てくるということも考えられる」

「なぜだ」

「でも、座敷牢にいるとしたら、出られませんぜ」

小弥太も疑いの言葉を吐いた。十手の柄を摑んだまま、いざとなったらすぐ飛び出せるような体勢である。彦四郎には先を取らせない、という気概に溢れているようだった。

「まぁ、待てというに。昼にしっかり、餌《えさ》をまいておいた」

「はい？　餌とは？」

「季重なりだ……」

「え？　何です？　きがさなりって」

「わざと大きな声で、季語が重なった句を読んだ。あの句を聞いている者がいて、俳句を少しでも知っている者なら、季重なりだと気がつく」

「それが姫さんとなんの関係があるんです？」

「姫がいたら、それに気がつく。誰かと思う。そこで、私だと気がつく」

「季重ねでですかい？」

しっくりしねぇ、という顔つきで小弥太が応じる。源九郎と琴姫が、大坂についたときに、交わした会話の中身は誰も知らないのだ。

「まぁ、よい。こんなところで話し合っていても仕方がない。敵に声が聞こえたら元の木阿弥だ」

へぇ、と小弥太は頭を下げた。

彦四郎も、例の冷たい目をかすかに閉じた。得心したらしい。

源九郎はしばらくじっと耳を澄ませていたが、なにも変化はなかった。これならいいだろう、と自分から先に丘を登っていく。それに続いて小弥太と彦四郎が先を争いながら登った。

丘は昼見たときと同じく山なりになっていて、松の木が配置されている。間隔は似たようなものだから、その間を抜けて行けばよかった。だが、丘に登ってみると、ひとつだけ問題があった。

丘はそれほど高いわけではないが、中腹辺りにぼんぼりがかけられていたのだ。なかから庭を鑑賞できるように工夫されているらしい。

「しまった……」

途中で源九郎は、降りるのをやめた。

振り向いて、小弥太と彦四郎にもそこで止まれと合図を送った。

ちょうど木の陰になっていて、ぼんぼりが見えていなかったのだ。

「月明かりにしては明るいと思ってました」

小弥太が呟くと、彦四郎もこんなところにぼんぼりがあるとは誰も思わぬ、とため息をつく。

「どうします？」

しゃがんだまま、小弥太が周囲を見回す。

「木の陰に隠れながら行けば、なんとかなるかもしれぬ」

そこを通り抜けると、縁側が見えている。雨戸は閉まっていないから、それをうまいこと外すことができたら、屋敷内に侵入することができる。いずれにしてもぼんぼりは邪魔だ。

「外してしまおう」

彦四郎は過激なことをいった。

「それでは、暗くなって気がつかれる。それより、音を立てずにこの間を抜けていくんだ。いまは誰もこちらを見ている者はいない」

「早く行きましょう」

屋敷の者がここに来たら面倒なことになる、と小弥太が急いだ。

「よし……」

慎重に、源九郎が木の陰を選びながら、降りていく。

丘といってもそれほど高いわけではない、ほんの数歩歩くとすぐ縁側に着いた。

源九郎に続いて、彦四郎、そして小弥太が縁側の前にしゃがむ。

と、どこからか風の音とも口笛ともいえぬ音が聞こえた。

「なんだ？」

庭先に影が見え、月明かりにさらされている。黒装束に黒覆面。

「あれは……」

彦四郎が刀を抜きそうになるのを源九郎が止めた。

「仲間だ、心配いらぬ」

初耳だと彦四郎は、顔を歪ませて信用なる者かと訊いた。

「三両で雇ったのだ」

源九郎が笑った。

「やはり来たか」

「旦那たちだけに任せてはいられません」

「三両以上は出せんぞ」

「わかってますよ」

覆面のなかで、苦笑している。

「親分、よろしく」

「忍びは好かねぇ」

神出鬼没は忍びとしてはお手のものだ。だが、ここに来るとは聞いていなかったと、小弥太も不服そうな顔をするが、

「私が頼んでいたのだ」

「そうですかい」

源九郎なら、なにもいわずにやりそうなことだった。忍びがいたら、こんなところでは確かに役に立つだろう。その証拠に、すでに茂蔵は縁側に上がって、障子戸を外しにかかっていた。

三

さすが本職である。茂蔵は、しころを使ってあっという間に障子戸を外してしまった。戸の陰から廊下が見えた。

少々の月明かりはあるものの、これだけの闇のなかでもまったく気にならないらしい。それだけ鍛《きた》えているのだろう。小弥太は、驚き顔で茂蔵の作業を見ていた。

彦四郎はそれほど驚いてはいないようだった。いままで、忍びをつかったことがあ

るのかもしれない。

源九郎は、廊下に足を乗せると、しばし体を止めて、誰か近くにいるかどうか気配を探ってみた。

「よし……」

みんなに合図を送る。

茂蔵はしころをしまうと、また闇のなかに溶けてしまった。どこに行ったのかと小弥太は庭を探ってみたが、まったくわからない。もっともばれてしまったのでは忍びとしては役に立たないだろう。

廊下に上がった源九郎は、鼻をくんくん鳴らし始めた。

「なにをしているんです？」

「匂いを嗅いでいるのだ」

「はぁ？」

小弥太はいなかったから知らないのだが、昼間に源九郎が中庭の見える廊下に来たとき、同じように鼻を鳴らしていたのは、琴姫がつけている脂粉の匂いを嗅いでいたのである。

その仕種に気がついた亥之吉が、女を捜しに来たのだ、と判断した。それで急に不機嫌な顔になったのだろう。亥之吉が茂蔵を敵視したのは、源九郎を連れて来たからに違いない。

「そうだったんですかい」

源九郎の話を聞いて、小弥太は初めて得心する。

となると、玄奘という名も嘘だとばれているに違いない。

「そうなると、敵たちはこちらの動きを警戒しているはずです」

「おそらくそうであろうな」

「こんなところにいていいんでしょうかねぇ」

廊下に留《とど》まっていていいのかどうか。それにこんなに静かなのは、罠《わな》なのではないか、と彦四郎が気にしだした。

「それもあるだろうが、そんなことを気にしていたら、姫を助け出せぬ」

「ところで、ここにお松がいるのではないか?」

「どうしてそう思うんです?」

「あれだ……」

彦四郎が手を伸ばした。その先にはなんとお松の姿があったではないか。どうしてこんなところに、お松がいるのか?

小弥太は驚き、声を失っている。

彦四郎はやはりという顔つきである。

源九郎は、声を出さずに笑っている。

三人三様の動きを見ていたお松のほうが驚いていた。

「……源九郎さま、どうしてここに？」

「それは、こっちの台詞《せりふ》だ。どうしてお松はここにいるのだ。敵だったのか」

「そうではありません」

どう説明したらいいのか、お松は困り顔をする。

彦四郎がお松の側に寄って訊いた。

「姫はここにいるのだ」

「え……？　姫さまがですか？」

「知らぬのか？」

「まったく知りません。私がここに連れて来られたのは、峰丸さんが……」

どうしてその名が出るのか、と源九郎は怪訝な顔をする。

お松は彦四郎に捕まったときに、峰丸に助けてもらったのだ、と答えた。彦四郎は、あのとき自分の頭を打ったのは峰丸であったのか、と憎々しく吐き出した。

「どうして、あの者が？」

　皆が訊きたいことだ。

「それは……」

　お松が、助けてもらったのはうれしいが、と顔を伏せながら、峰丸は敵の間者だったと告げた。

「なんと……」

「それを知らずに、姫さまは雪之丞一座に近づいてしまったようです」

「そうだったのか」

　お松は弟のことだけはいえなかった。敵方に血を分けた弟がいるのだ、とはいえるわけがない。

　顔に憂いが出ていたのか、源九郎はまだなにかいいたそうだが、とお松に訊いた。

「いえ、そんなことはありません」

「それならよいのだが……姫が監禁されていそうな部屋を知らぬのか」

「さぁ……私は、厠《かわや》に行こうとしてここに来たのです」

　まさか同じ屋敷内に姫が監禁されているとは夢にも思っていない。

「旦那……」

どうするかと懐から十手を取り出して、小弥太が囁く。その辺を捜そうという源九郎の言葉にみなは頷いた。

源九郎たちが会話を交わしているとき、すぐそばにある部屋では、琴姫が耳を澄ましていた。話し声が聞こえるからだった。

「あれは、源九郎さま？」

今日の昼、かすかな季重ねの俳句が聞こえてきた。

こんなところに、俳諧師が来るとは思いも寄らぬことだった。本当に俳諧師なのだろうか、それともこの屋敷の誰かが、戯れに句をひねっていただけだろうか？

もし、そうならあんな失敗はしないだろう。

となると、誰かが、私に聞かせたいと思ってあんな俳句を作ったのではないか？

都合のいい考えだがそうとしか思えないのである。

源九郎さまがここを知っているはずがない。だいいち、ここがどこなのか自分でも知らないのだ。それなのに、土地鑑のない源九郎がここを見つけられるわけがない。

なにかの僥倖《ぎょうこう》がないと、無理だろう。

しかし、あの俳句はなんだろう？

誰かの合図としたら……。

そうだ、私たちは季重ねの話をした……するとあれはやはり、源九郎さま？

本当にそうだったらうれしい。

それにしても、先ほどから聞こえてくる小さな声……。

屋敷の者たちが会話を交わしているとは思えない。もし、そうならもっと大きな声で話すのではないか。それとも自分に聞かせるわけにはいかないから、あんなヒソヒソとしているのだろうか。

いずれにしても、人がいるのは間違いない。誰かが助けに来てくれたのかもしれない、と勝手に思ってみるが、そんな簡単にこの場所が見つかるとは思えない。

それでも……。

望みは捨てたらいけない。

琴姫は、何度も自分に言い聞かせた。

と……。

足音がまた追加されたようだった。

あの足音は……。

どこかで聞き覚えがある足音だ。

誰だろう？

あ……。

声が聞こえた。

まさか、と思った。こんなところにお松がいるだろうか？　自分と同じように捕まってしまったのか？

それとも……。

お松が、私の居場所を教えていた？

いろんな想像が頭のなかで浮かんだり消えたりが続き、荒波に浮かんでいるような気分である。

それにしても本当にお松だろうか。もう一度耳を澄ましてみた。

足音は聞こえないが誰かと廊下で立ち話をしているような感じがした。助けに来てくれたとしたら、いつまでも廊下で話はしていないだろう。すぐ、この部屋へ救出に来るのではないか。

でも……。

ここを知らなければ、助けに来てはくれない。

琴姫は、思案する。

もし、そこで立ち話をしている人が敵だとしたら。それでも、なにか行動を起こしてみる手はあるだろう。敵だとしても、うるさいと注意をしにくるだけなのではないか。

命は狙われてはいない。騒いだからといって殺されはしないはずである。

もし、味方だとしたら音でここに人がいると気づくだろう。

琴姫は、なにか音の出るものはないかと部屋の中を見回したが、使えるような調度などはなかった。

角行灯を投げ捨てたら、どうなるだろう？

そうだ、火事だ。最悪の場合自分が逃げ遅れて焼け死んでしまうことも考えねばならない。しかし、そのときはそのとき。なんとかなる……。

こんなときは誰かが助けてくれるはずだ。

私は、運がいいのだ……。

都合がいいとは思うが、いまはそう考えるしかない。

火事を起こしたら、誰かが飛んでくるだろう。あの若侍が来るかそれとも沢登が来るか。どっちでもいい。火が部屋に回ったらこの部屋から連れ出すしかないだろう。

なにしろ、連中は偽手紙を手に入れようとしているのだ。在処《ありか》を知ってる私が焼け死んでしまったら困るのは、敵方だ。

よし。

無謀なのはわかっている。それでも琴姫は、心を決めた。じゃじゃ馬姫と呼ばれる自分の運に賭けてみよう……。

四

角行灯に近づき、どうしたら火が周りに飛んで行くか考えた。飛び火しなければ、火事にはならない。小火《ぼや》くらいならこの部屋から外に出ることはできないだろう。

では、どうする……。

思案した結果、琴姫は帯を解き始めた。

小袖を脱いでそれに行灯の火を付けようというのだ。

――これなら燃えるはず……。

独り言を呟きながら、帯を解いて脱いだ小袖を角行灯の炎にかざした。

初めはぶすぶすと音を立てていただけだった。小袖に添えてさらに帯締めを火の中に放り込んだ。火がいままで以上に燃え盛りだした。

「火事です！」

できるだけ必死な声を上げた。

火が行灯の木枠を舐めあげ、小袖を燃やし始める。

ぼぉと、火が燃える音が高まり始めた。

小袖を牢格子まで運んで、それを格子に巻きつけた。

廊下に火の付いた帯締めとしごきを投げ捨てた。


「なんです、いまのは？」

小弥太が叫んだ。

声を潜めている場合ではなかった。切羽詰まった声が聞こえてきたからだ。

「火事だって？」

いまいる場所は中庭が正面から見える廊下だ。そこからすぐ曲がり角があり、その陰からもくもくと黒い煙が流れてくる。なにかが燃える臭いも漂ってきた。

「火事だ！」

逃げましょうという小弥太に、源九郎はちょっと待て、と叫んだ。

「あの声は？」

火事です、火事です、と叫んでいる声……。

「あれは、姫の声ではないか！」

彦四郎が叫ぶと同時に、煙が流れてくる方向に向かって走りだした。源九郎も続いた。

こんなとき、廊下が綺麗に拭き掃除されているのは、面倒だと小弥太は叫ぶ。足が滑るのだ。氷の上でも走るような気持ちで、小弥太は源九郎と彦四郎が走って行く後ろを追いかける。

先を見ると、廊下に炎の塊がうねっていた。火事を赤猫というが、まさに赤い猫がそこでのたうち回っているようだった。それを源九郎は器用に跨《また》いだ。彦四郎も同じように、飛び跳ねて避けた。

燃えているのは、紐《ひも》だった。

「あれは、しごき帯では？」

彦四郎が呟いた。

「燃えているものより、あちらを見ろ」

牢格子があり、格子の間から手の先が出ている。さらに、女の顔が見えていた。

「姫！」

彦四郎が、火をものともせずに格子に摑まった。

南京錠《なんきんじょう》がかかっていて格子戸は開かない。刀で切ろうとしてやめた。刃こぼれするだけだ。

敵方の侍たちがどやどやと集まってきた。

その先頭にいるのは、お松の弟義一郎だった。眉を吊り上げて、火を消せと叫んでいる。火事に乗じて琴姫を逃したとあっては、自分の失態になってしまうからだろう。

「義一郎！」

お松がそばに寄った。

「姉上……危ない！」

その会話を聞いた源九郎と彦四郎は目を合わせた。

「姉上だと……？」

特に、彦四郎はお松が敵方の間者ではないかと疑っていたのだ。敵に弟がいるということになると、疑いはますます濃くなっていく。

「姉上、ここは危ない。逃げてください」

自分は、火を消さなければいけないといって、お松の体を炎から遠ざけてから、源九郎たちを見た。

「狼藉者《ろうぜき》！　お前たちの仕業か」

「違います。義一郎、それは違います」

「怪しき者たち！」

　お松が説明をしようとするが、火事を目にし、さらに侵入した源九郎たちを見つけて、義一郎は理性を失っている。

　彦四郎はなかなか錠前を開くことができず、いらいらしている。格子のなかには、襦袢《じゅばん》姿になった琴姫が部屋の隅に小さくなっていた。それでも、目がしっかりしているのは、さすがである。

　苦労している彦四郎のそばに、黒い影が走ってきた。

「邪魔するな」

　敵かと思って突き飛ばそうとしたとき、

「旦那……あっしですよ」

　茂蔵の目が笑っている。

「任せてください」

　南京錠をがちゃがちゃやっていたと思ったら、かちりと鍵が開いた。格子戸を開けて、なかに飛び込んでいく。彦四郎も続いた。

源九郎と小弥太は、集まってきた敵と戦っている。

彦四郎と茂蔵が琴姫を座敷牢から救い出したところが見えた。

敵はお松の弟をいれて、三人だけだった。それほど腕の立つ者はいない。あっという間に敵を叩いた。

「旦那……」

早く逃げようと小弥太が源九郎に声をかけた。

琴姫が彦四郎に手を引かれて、こちらに逃げてくる。廊下は火の海というわけではない。帯と小袖の一部が燃えているだけである。それだけでも、煙にいぶされているような気分になる。

「早く！」

茂蔵も、叫んでいる。

琴姫は、源九郎の顔を見て安心したのか体から力が抜けてしまったようだ。その場にへたへたとしゃがみ込んでしまった。

早く、早くという茂蔵の声に、ようやく琴姫は体を起こす。その先には源九郎の手が伸びている。それをしっかりと握った琴姫は、もとのじゃじゃ馬に戻ったらしい。

「早くここから去りましょう」

仲の良さそうなふたりを見て、彦四郎は嫌そうな顔をするが、いまはここから逃げるほうが先決だ。琴姫が源九郎と一緒に、庭に降りるのを確認してから、

「さぁ、かかってこい！」

敵の前に立ちはだかった。

突然、廊下に白い煙幕がかかった。茂蔵が煙玉を投げたのだ。

だが、煙の中を疾風が抜けてきた。

「茂蔵！　裏切ったのか！」

亥之吉の声だった。

白い前垂れはしていない。侍の格好でもない。伊賀袴を穿いて、腰には忍者刀を佩《は》いていた。

茂蔵は、かすかに頬を歪める。

「裏切ったといっても、あっしたちは金で立場を変える」

「俺は、そうはいかねぇ」

「知っているさ。沢登さんに恩義があるのだろう」

「もういい！」

亥之吉は、腰の刀を抜いて手裏剣を投げつけた。

ひゅっと空気を切り裂く音とともに、十字手裏剣が茂蔵目掛けて飛ぶ。腰を落として、体を回転させながらそれを避けた。

「早く逃げろ！」

となりで、刀を構えている彦四郎に告げた。

「ひとりにはせぬ」

「そんなことは、いまはどうでもいい」

ほかの三人の敵は、廊下で唸りながらのたうちまわっている。血を流している者もいるが、たいていは峰打ちだ。骨が折れた者はいるだろう。

「沢登さんはいないのか」

こんなことが起きているのに、顔が見えない。

「出かけているのだ」

「それは、ちょうどよかった」

「うるさい。お前にはがっかりした……」

亥之吉の顔は本気で怒っている。直刀の忍者刀を抜いて左に持った。右手には十字手裏剣が握られている。

「懐からまた煙玉をだそうとしても無駄だ。俺には通用しねぇ」

「…………」

見ぬかれてしまったのは仕方がない。とにかくこの場で時を稼いだほうがいい、と茂蔵は、無駄といわれても煙玉を投げつけた。廊下に当たって、ばんという音が響く。

破裂音がしたと同時だった。

「しゃ！」

亥之吉の体が、茂蔵に向かった。だが、

「なに？」

方向は茂蔵だったが、彦四郎がその場で倒れこんでいた。亥之吉の手裏剣が太腿を貫いたのだ。

「彦さん！」

茂蔵は彦四郎のそばに寄って肩を貸そうとした。そのときである。

「ばか者！」

亥之吉の忍者刀が、茂蔵の首を斬った。

「う……」

血が噴出して、天井を汚した。まるで戦場であった。

「くそ……」

「ふん、お前のその油断、いや他人を助けようなどという情けが俺に負けたのだ」

「………」

血が失われていくなかで、茂蔵はそれでも彦四郎の耳に囁いた。

「いまのうち、逃げろ」

「しかし……」

「あっしは死なねぇ」

「ばかなことをいうな」

血刀をだらりと落としている亥之吉を見つめた。彦四郎のことは目に入っていないようだった。

「逃げろ！」

瀕死の状態のまま、茂蔵は彦四郎の肩を押しながら、

「……三両もらい損ねたな」

にやりと笑って、茂蔵はその場に倒れた。

「仇は必ず討つ」

ひと言呟くと、彦四郎は茂蔵の髷を落として懐に入れた。太腿を押さえたまま立ち上がると、すでに亥之吉の姿は目の前から消えていた。

呻いている敵のなか、彦四郎は片足を引きずりながら庭に降りた。源九郎たちもそれを追っていった亥之吉の姿もどこにも見えなかった。それでも、彦四郎は庭から出る算段をする。

塀を登って戻るには、入ってきたときの木を伝わって出るのが一番だ。足を引きずりながら、彦四郎は来たときに降りた庭まで戻ることにした。小さくはあるが、松の木の山をもう一度登っていかなければいけない。怪我をした足で登るのは、困難だった。それでも、彦四郎は歯を食いしばる。

ようやく元の庭がてっぺんから見えてきた。

「おや？」

向こうのほうで誰かが手招いているように見えた。

「あれは？」

源九郎のように見えた。逃げなかったのか、と不審に思ったが、気が付いた。ふつうなら外に逃げてしまったと思うことだろう。だが、源九郎はその裏をかいたのだろう。

「そうか……あの人らしいやりかただ」

呟きながら、彦四郎は源九郎たちが待っている場所まで、足をかばいながら降りて行った。小弥太の肩を踏み台にして琴姫が塀を乗り越えようとする姿が目に入った。

五

亥之吉はどこに行ったのか姿は見えない。峰丸もいないのはどうしたことか？

疑問はあるが、まずは屋敷から逃げ出すことができた。琴姫を助けることができたのは、茂蔵のおかげだ。

しかし……。

「茂蔵は死んだ……」

沈痛な面持ちで彦四郎が、嘆く。

自分を助けるために斬られたと思うと、なんとしても敵を討たねばならない。さらに、死骸は庭に置いたままだ。運び出すこともできずに、そのままにしてきたのが悔やまれるが、この状況から考えると、仕方がなかった。

「まずは、旅籠に戻ろう」

「先回りされてませんでしょうかねぇ」

その可能性はある、と彦四郎が源九郎を見ながらいった。

「亥之吉はどこに行った？　奴の姿がないのは気になる」

月はまた雲に隠れて闇が戻っている。この闇は、源九郎たちの存在を隠してくれるが、消えた亥之吉の動きが少し不気味である。

「奴はどこだ？」

彦四郎がまた呟いた。小弥太が周辺を見回ってきますと、その場を離れ、先を歩き出す。

「源九郎さま……」

琴姫が側に寄り、源九郎を見つめてきた。

「姫、無事でなにより」

「はい。でもこれで敵方が諦めるとは思いません」

「あそこには誰がいたのです？」

琴姫は、沢登というのが首領格のようだったと告げる。

「箱根では、水田屋と名乗っていた男です」

「……やはり、あの者か」

「箱根では身分を偽《いつわ》って私の前に出てきたようです」

「となると、以前から用意周到に姫の出方を探っていたことになります」

「そのようですね」

江戸を出る計画は秘密であった。それがばれていたのだろうか。どこからばれていたのだろう。江戸屋敷に敵と通じている者がいたのかもしれない、と琴姫は嘆いた。

源九郎は、どこにでも敵はいるものだと答えた。

「おや？　お松はどこにいます？」

琴姫が振り返りながら、足を止めた。すこし遅れ気味にお松はついてきている。その顔は浮かない。

「お松、どうしました」

はい、とお松の答えは曖昧《あいまい》だ。

後ろで彦四郎は、聞き耳をたてている。

お松の声は沈んでいる。なにもないとは考えられない。琴姫はあまり問いつめてもいけないと思ったかそれ以上追及するのはやめた。だが、彦四郎はその答えでは得心がいかないのだろう、

「峰丸とはどんな話をしたのだ」

このまま、終わりにはしないという顔をする。その質問にお松は困った顔をした。

「あのとき、相手は姉上と叫んでいたように聞こえた」

「なにもありません」

「そうは思えん。都合の悪いことがあるんだな。やはりあれは弟、お前は敵方の間者か！」

ねちねちと彦四郎は追及を続ける。

それを源九郎が止めた。

「まぁ、待て待て。お松さんが困っておるではないか」

「困るのはやましいことがあるからだ」

「あの者は本当に弟であったのか？　火の中で咄嗟《とっさ》に間違えたのではないのか？」

源九郎の問いに、お松は困惑気味である。

そんな会話を琴姫は心配そうに聞いている。

「そのことについては、また改めて訊きましょう」

琴姫の言葉に、かすかにお松は安堵の顔を見せた。

源九郎は、いまはここから離れるほうが大事だと諭《さと》す。

小弥太が息を切らしながら、戻って来た。ときどき振り返っているのは、まだ調べが足りないと思っているからだろう。

危険はなかったかと源九郎が問うた。

「心配はなさそうです」

小弥太が答えた。

頷いた源九郎は琴姫たちを促《うなが》す。

「早く旅籠へ」

彦四郎もそのほうが先決と思ったのだろう、琴姫を警護するようにそばに寄っていく。お松は少し遅れ気味だが、それでも離されまいとついてくる。

旅籠に着くと、琴姫がこれからどうしましょう、と不安な声を出した。

「早く大坂から離れたほうがいいのではありませんか？」

「明日、早立ちをしましょう」

源九郎が答えた。彦四郎も小弥太も頷いている。琴姫がそっとお松を見ると、青白い顔は変わらない。

「お松……やはり弟がいたのですね」

沈んだ顔のままで、いまにも倒れそうだ。

「なにかあったら吐き出しなさい」

琴姫の顔はいつになく真剣であった。お松はじっと俯《うつむ》いたままなかなか話し出そうとしない。

彦四郎の目が敵を見るようだ。

「申し訳ありませんが……なにもいうことはありません」

「そんなことがあるか！」

摑みかからんばかりに、彦四郎がお松に迫る。その目はなにか起きたら、斬るとでもいいそうだ。

「ちょっと厠《かわや》へ行ってきます」

お松は、すっくと立ち上がると、部屋から廊下に出た。なかなか戻ってこない。

「逃げたか！」

慌てて、小弥太が追いかける。

琴姫も立ち上がった。

源九郎と彦四郎も続く。

だが、お松の姿はすでに消えていた。

帳場にいた男に訊くと、裸足のままで女が外に出ていったと答えた。

小弥太が提灯を借りて、周囲を照らしたがお松の姿はどこにも見えない。

彦四郎は肩を上下させながら、

「逃がした」

「まぁ、待て待て」

源九郎は、こんなときこそいつもの冷静さを取り戻せという。

琴姫は源九郎になんとかしてくれと頼み込むが、行き先がわからないのでは、どうにもならない。彦四郎が捜しに行く、といつになく冷静さを欠いている。

源九郎は、お松も必死だから追いかけても無駄だと諭した。

彦四郎は、冷たい目を源九郎に向けるが、どうすることもできず地団駄を踏むだけだった。

「姫、戻りましょう」

そうですね、と琴姫もさすがに体を震わせている。

「彦四郎、戻りますよ」

しぶしぶ、頷く彦四郎に、

「お松とお前の間でなにかあったのですか」

「なにもありません。疑いを解いてくれたらそれで問題はないのです。なにより、弟らしき者が敵方にいるというのはどういうことか。いままでこちらの動きがばれていたのは、そのせいか、訊きたい。それだけです」

　一度、彦四郎は、お松を捕まえていろいろ問い質《ただ》そうとして逃げられている。

「そのときの悔しさがあり、珍しく冷静さを欠いた行動に走りました」

　彦四郎は答えた。

「そうですか」

「とにかく、部屋へ」

　小弥太が三人を促してから、

「あっしは、もう少し捜してみます。女の足じゃそんなに遠くには行ってねぇでしょう」

「頼んだぞ」

「合点」

　頭を下げてから、小弥太は提灯を持ったまま地面を照らす。足跡がないか捜したのだ。裸足で走っているのだ、そんなに遠くまで離れることができるとは思えない。

「これだ……」

　女と思える足跡が見つかったのか、小弥太は数歩進んで、また提灯で地面を照らす。

「どうやら、さっきの屋敷のほうに戻っていったようです」

彦四郎は自分も行くと言い出したが、

「やめておけ。お前の仕事は姫を守ることだ」

源九郎の言葉に、瞼《まぶた》を震わせた。

部屋に戻ると、とにかくここに長居は無用と源九郎はいった。

敵の動きがわからない大坂にいるのは危険である。

「大坂からは、今治に向かう金毘羅船が出ている。それで一気に四国に行ってしまおうと思う」

源九郎の言葉に、ふたりは頷く。

「お松は小弥太にまかせよう。ここに戻ってきたときに、わかるよう伝言を残しておけばいいでしょう」

「そうですね」

琴姫は、お松のことは気になるが、今治のほうがもっと気になるから、とため息をつくしかなかった。

第五章　千石船の死闘

一

義一郎は、悲しそうな顔でお松の前で手を突いている。

「お願いですから、琴姫さまが持っているという書簡をなんとか奪ってください」

「できません。それに、すでに私は彦四郎に疑いの目で見られています。逃げるときに、お前とは姉弟だということがばれてしまいました。いまさら、姫のところにも戻ることはできません」

「それは困りました」

「峰丸さんとはどんな関わりがあるのです」

「それは……」

義一郎は、なにか言いかけて止めた。

やはり、ふたりの間にはなにかあるのだろう、とお松は確信する。そのために弟が窮地に陥っているに違いない。

「義一郎……すべて話しなさい。そうしたらなにかいい策が生まれるかもしれません」

　お松は必死に義一郎を味方につけようとするが、弟には弟の事情があるのだろう、うまく話が嚙み合わない。

「峰丸さん、いえ、峰さんとの間になにがあるのです」

「ですから……」

　いえません、と義一郎は額に汗をかきながら目を伏せる。幼い頃は活発な弟だった。それがいまやこんなに悩んでいる。姉としてはなんとか力になりたい。だが、お互いの利益が反している。

　あのとき。

　難波新地の旅籠から飛び出したお松は、囚《とら》われていた屋敷へと戻った。

「姉上……」

　どうして戻ってきたのかという非難の顔だった。だが、すぐ喜びに変わり、

「例の物を持ってきてくれたのですか！」

「そうではありません」

　その言葉に義一郎は大きくため息をついた。

「いろいろ訊きたいことがあります。ここにいた人たちはどこに行ったのです」

「みな旅立ちました」

沢登は、国許に行ったというのである。

「早馬で行きました。藩主の柳因幡守友広さまが亡くなったのです」

それは大変なことだ……。

お松は、疑問を義一郎に問う。

「あの沢登栄之進は、なにが目的なのです」

「もちろん、勝義さまを次の藩主にとの考えからです」

「それはお前も賛成なのですか」

「それは……」

正統を考えるなら、信利さまだ。

「では、お前はどうしてそんな方に付いているのです。正しいことをやりなさいというのが、父上の教えではありませんか」

「それは、わかりますが……」

「ならば、話しなさい。峰さんのこと。敵の今後の動きを。そうしたら源九郎さまがなんらかの力を貸してくれることは間違いありません」

「源九郎さま？　あぁ、あのとき一番落ち着いていた侍ですか」

「あの方は、ただの部屋住みとは思えません」

「というと……公儀の？」

「さぁ、そうかもしれません、そうでないかもしれません。それは私にもはっきりしませんが、いずれにしてもあの方は私たちを助けるために、姿を現したのだと思っています」

公儀の密偵と聞いて義一郎は顔色をなくした。自分たちの行動が公儀に知れて、藩が改易にでもなったら、大変なことになる。

「本当に公儀の手の者ですか？」

「さぁ……ですが、そう考えると得心がいくのです」

たとえば、旅用の女手形などはあっさりと手に入れていたらしい。もっともそれは琴姫が雪之丞一座と一緒に旅をすることで必要はなくなったのだが、いざとなったら出すつもりだったと思える。

「峰さんはいまどこにいるのです」

「沢登さまと一緒に、行きました」

それがよくわからない。どうして峰丸は沢登と一緒に行くのか。義一郎に側近としての力はないということなのか。

「それには、わけがあります」

「……お前との間に立ち塞がっているなにかがそこにありそうですが」

義一郎は、答えないが返事をしたと同じ顔をしていた。

「話す気はありませんか」

お松は、なんとか弟の心を摑もうとするが、義一郎は苦渋の顔を見せるだけで口をつぐんでしまった。

「義一郎……」

「はい……」

「私が七歳。お前が五歳のときのことを覚えていますか。私が木に登って降りられなくなったことがありました。それを義一郎は、まだ一度も木に登ったことがなかったのに、思い切って私を助けに来てくれました」

「……覚えていません」

「そういうことがあったのです。今度は私が木に登ってお前を助ける番です」

しばらく沈黙が続いた。

義一郎の額やこめかみから首にかけて汗が垂れている。お松は、拳を握ってじっと義一郎の返答を待っていた。

数呼吸の間が空いた。

お松は待った。いまは義一郎に黙って考えさせたほうがいい。よけいなことをいうとかえってまとまらずに混乱をきたしてしまうに違いない。

しばらくして、義一郎は目を険しくさせて、

「……私はそのときのことは覚えていません」

「………」

「でも……姉上はひとりです。姉上が困ったら私はいつでも救いの手を伸ばすことでしょう。いま、姉上の気持ちはよくわかります……」

お松は、目を閉じた。

「すぐ私も沢登さまの後を追います。その間に、峰と沢登さまと私の関わりを話しましょう……」

義一郎の顔がようやくほころんだ。

金毘羅船は、大坂から丸亀《まるがめ》に向かう。

源九郎一行は、無事に丸亀に着いた。そこから今治に足を向けようというのだった。

江戸や大坂から比べると暖かい。

「丸亀もけっこうな繁栄ぶりですねぇ」

琴姫が感心している。たしかに、江戸や大坂に比べたらこぢんまりとはしているが、中心の通りには、人が溢れている。

「姫、あまりのんびりはしていられません」

慎重に周りを見回しながら、彦四郎が声をかける。

「そうですね」

わかっている、とは答えるが琴姫の顔は浮かない。

「姫、お松のことですか?」

「彦四郎、お前がしつこく追及したからです」

「しかし」

「わかっていますが、あれはやり過ぎでした」

「申し訳ありません」

本気で謝っているとは思えないが、彦四郎は頭を下げた。

琴姫は、大坂においてきたお松と小弥太のことが気になっているらしい。すぐ今治に向かうのではなく、少しこの町に逗留しようというのだ。

「それは、危険です」

彦四郎は、即座に反対した。お松のことより姫の安全が第一だから、いまからすぐ今治に向かったほうがいい、というのだ。それは一理あるのだが、

「船に揺られて少し酔いました」

琴姫が青い顔で呟く。いま船から降りたばかりで疲労が溜まっているらしい。

それは、源九郎にしても彦四郎にしても、同じである。

船を降りてからも、体が揺れているようだ。目眩《めまい》を起こしているような、嫌な感じである。

「やはり、少し休みましょう」

琴姫の言葉にしぶしぶ彦四郎も賛同するしかなかった。

しかし、彦四郎はあちこちに目を配っている。

丸亀まで無事に来ることはできたが、ここで安心はできないと思っているのだろう。敵はどこで待ち伏せをしているかわからないからだ。

船着場から、町のなかに入って行くと、女たちが休憩していけと誘う。周りでは船でふらふらになった客たちが、倒れこむような格好で旅籠《はたご》に吸い込まれていく。

「どうしましょう」

源九郎が琴姫に訊いた。

「どこでもいいので、休みたいと思います」

彦四郎も不服はいわなかったが、目だけはぎらぎらとまだ周囲を見回している。その態度に源九郎はもっと力を抜けと笑う。

「それでは、鬼退治でもしに来たようではないか」

彦四郎は、うるさいと小さく口を動かした。言葉にしないのは、琴姫がいる手前であろう。

「どうぞ、こちらへ」

女が誘った。色黒なのは南国生まれの印だろう。前垂れには丸玉屋《まるたま》と書いてある。間口五間ほどの旅籠だった。船宿もかねているのか、入り口には船用の櫂《かい》が置かれている。ここから船で金毘羅船に乗れるのかもしれない。

入り口を入るとすぐ階段があった。そこから二階に上がる。窓から通りが見えるのは、敵の襲撃を察知するにはちょうどよい。

「今治に近いですから、どこからやってくるかわかりません」

彦四郎はそういいながらも、通りを眺めて安全を確認している。

「ここからどうしますか?」

琴姫は、船で疲れてしまったのか、いつものじゃじゃ馬姫はどこかに隠れてしまったらしい。

「お松を待っていたいのですが」

「それは、やめておきましょう」

「どうしてです」

「無駄な時を使うことはありません。疲れが取れたら、すぐ今治街道に入りましょう。丸亀に入ったことを敵に知られる前に今治に近づいたほうが、安全です」

源九郎の言葉に頷く琴姫だが、彦四郎は違った。

「それより、この町で待ち伏せをして一網打尽にしたほうがいいのではありませんか」

「それは無理だ」

否定する源九郎に彦四郎は冷たい目を向ける。

「なぜだ」

「敵がどこにいるのか、こちらには、情報がまるでない。それで待ち伏せをするのは、危険すぎる」

ふたりは睨み合う。

「それに……敵が大勢来たらふたりで戦うのは、いくらなんでも勝ち目がない」

「丸亀に知り合いでもいれば……」

「ないものねだりをしてはいけません」

琴姫に制されて彦四郎は、不機嫌な顔になる。

琴姫が源九郎を見て、嬉しそうにしている姿が気に入らないらしい。船に乗っているときから、琴姫はずっと源九郎に寄り添っていたのだ。それからして気に入らないのだろう。

「まずは眠れ。体を回復してからでも遅くはない。それから策を練ろう」

しょうがあるまい、と彦四郎は肩から力を抜いた。

二

沢登と峰は、数人の家来と一緒に丸亀に着いていた。

因幡守の死去の報せを受けて、すぐ飛んできたのだが、ここで待ち伏せをするのが一番いいのではないか、と途中で考えを変えたからだった。周りからはすぐ国許へ、

とせっつかれるのだが、

「いま戻っても殿が生き返るわけではない」

そんな言い訳をしながら、丸亀城下で琴姫が来るのを待っているのだった。周囲からは、また側用人の気ままが始まったといわれているが、そんなことを気にするような栄之進ではなかった。

船着場から数町離れたところの船宿である。そこの二階から下を覗いていると、家来のひとりが戻ってくる姿が見えた。

「来たな……」

沢登は呟いた。そばで峰が浮かない顔付きで、その言葉を聞いていた。

「峰……いい加減に諦めろ。義一郎はすでに敵の手に落ちているだろう。そんな男は諦めるのだ」

通りから物売りの声が聞こえてくる。誰かの大きな笑い声も聞こえてきた。だが、峰の顔に笑顔はない。悔しそうに目を厳しくしているだけである。

「そんな顔をしても無駄だ。いずれにしても、この丸亀で決着をつける。国許に入られてしまったのでは、うかつに動けぬ。信利さまの陣営が姫の今治入りを知ったら大事になってしまう。水際で止めることが肝要だ」

「そううまくいくでしょうか」

「お前はどちらの味方なんだ」

「さぁ……どちらでしょう」

ほとんど沢登とは目を合わせない。

「義一郎が心配か」

その問には答えずに、峰は沢登を見た。見るからに頑固そうな鼻だ。一度こうと決めたら、周りの言葉を聞くようなことはない。もっとも、それでいままで生き延びてきたのだから、自信もあるのだろう。

沢登家の先祖は、身分はそれほど高くはなく、父親から代替わりしたのは、いまから十一年前にもなる。まだ、二十一歳という若さだった。それでも、沢登の息子は切れ者だといわれとんとん拍子に出世した。

国許の山林を開墾《かいこん》させたり、商業を発展させたり、土地問題などの解決策などを決定してきたのは、栄之進である。

それだけに、民からは生き神さまと崇《あが》められてきたのだが、それがいつしか傲慢《ごうまん》な言動に変化し始めてしまった。

なにがきっかけだったのか峰は知らないが、家臣たちの間で栄之進は不義を働いたという噂が立っていた。それが、五年前のことである。

本人は否定をしていたが、その相手については誰も口を開かない。いや、開けなかったのだろう、と峰は考えている。その相手が、お甲の方ではないかというまことしやかな言葉を聞いたことがあったからである。

あるとき、その真実を栄之進に問い質《ただ》したことがある。

「ばかなことをいうな」

一蹴《いっしゅう》されてしまった。しかし、その顔は不義の噂は真実ではないかと思うには十分だったのである。峰は懐から手鏡を取り出し、

「これを見てください」

「なんだ？」

栄之進は鏡を覗きこんだ。それを見て、峰がいった。

「次に私の顔を……」

いわれたとおりに栄之進は、鏡から顔を外して峰を見つめる。

「どうです？　子どもの頃はよく似ているといわれていましたが……似ていますか？

幼き頃のように、似ていますか？」

「あの頃とは違うのは当然だ」

「兄上が変わったのです」

「なにがいいたい」

「不義の噂が立ってからというもの、やることが極端になりました。それまでは民のことを考えた政《まつりごと》だったのが、いつの間にか重税を課すようになり、さらに、訴訟問題などが起きたときも、間違ったほうを極刑にするなど、それまでとは人が変わってしまったと誰もが知っています」

栄之進は、じっと聞いている。妹の言葉を否定しないのは、ここで述べられている内容が真実だからだろうか。峰は兄の変化をなんとか正したいと思っていたのだが、今度は、正統な世継ぎを廃嫡《はいちゃく》しようとしている。

噂では、弟君の父親は、栄之進ではないかとさえいわれているのだ。

「……義一郎はとにかくやめろ」

そこに、階段をどたどたと駆け上がってくる音が聞こえた。

「ご用人……」

「着いたか」

「はい、ついさっき……ご用人が予測していたように金毘羅船に乗って来ました」

「ふん。こちらの考え通りとは、芸のない連中だ」

「あのおかしな侍も一緒です」

「そうか」

「義一郎はどうした？」

「さぁ、まだ連絡はありません」

「そうか、まぁよいわ。あの者はあてにならぬ」

そういうと栄之進は、峰を見つめる。

「よいか、やめるのだ」

栄之進は立ち上がり、連中はどこにいるかと、と問うた。

「はい、ここから一町ほど手前の旅籠に入っております。丸玉屋という旅籠です」

偵察に行こう、と栄之進は家来を連れてその場を立ち去った。

残された峰は、大きくため息をついた。

義一郎さまは本当に敵の手に落ちてしまったのだろうか。

あちらには、姉がいる。

話し合いで翻意してしまうことも予測できた。

「そうなったら峰とは敵同士になってしまう……」

それが嫌で、義一郎はこちら側についたのだ。

まだ本当に敵同士になったと決まったわけではない。待っていれば丸亀にやってくる。そのときに真実がわかる。

峰は、義一郎が来るのを待つ覚悟を決めていた。


因幡守が亡くなった事実を知らない源九郎と琴姫は、お松と小弥太を待つため丸玉屋でしばらく逗留しようと話し合っていた。

長逗留にはもう一つの理由もあった。いまのうちに今治の信利さまと連絡を取ることであった。

ここまで来たら、信利たちの力を借りることができるだろう。警護の者たちを送ってもらえたら、それだけ安心できるというのが源九郎の考えだった。それには、はじめ琴姫も賛同したのだが、

「送られたなかに、裏切り者がいるかもしれません」

彦四郎は、あくまで自分たちだけで今治入りをするべきだと主張した。

「そうですね……」

考えられないことではない、琴姫は彦四郎の考えに同調した。源九郎は、道々助けがあったほうがよい、と主張したが琴姫が翻すことはなかった。

「では、小弥太たちが追いついてくるのを待ちましょう」

源九郎がいうと、

「ちょっと、見廻りをしてくる」

彦四郎が立ち上がった。ふたりの間にはいたくないらしい。

ひとりで行動するのは危険だ、茂蔵がいたらよかったのだが、と源九郎が呟いた。

こんなときに忍びは姿をどこからともなく現すものだがなぁ、と笑う。

茂蔵の名前が出て、彦四郎は唇を噛んだ。

その姿に源九郎もかすかに頭を垂れる。

琴姫は、茂蔵には申し訳ないことをしました、とそこにいるような顔で、悲しみを表す。

「仇は討つ……」

彦四郎の声はかすれている。

「見廻りに行ってくる」

ひとりでも充分だと、彦四郎はふたりを見つめた。

「お前の腕ならそう簡単に斬られるということはないと思いますが……」

それでも不安そうな目をする琴姫に、

「本当に危ないと思ったときには、逃げます」

こうして、彦四郎は周囲を見回ることになり、その間源九郎と琴姫は体を休めることにしたのである。


旅籠を出た彦四郎は、遠くに見える丸亀城に向かう広い通りに出た。

丸亀城は名城として知られる。規模こそ負けるが、威風堂々としたその姿は、江戸城や大坂城にも負けない。

城下も整然としていて、なかなかの繁栄ぶりが見えている。

彦四郎は水茶屋が並んでいる辺りを歩いていた。それを見つめる目があることに気がついた。そっと目を向けてみると侍ではない。町人姿である。

銀鼠《ぎんねず》の小袖に、墨色の羽織を着ている。

敵なのかそれとも、巾着切りでもあるのか。

判断できないのは、その男の尾行の仕方が絶妙だったからである。

ただの鼠ではない――。

心でそう思いながら、誘いをかけてみることにした。それでどんな行動を取るのか試してみようとしたのである。

海側に近づきながら、ときどき横目で確かめてみた。だが、なかなか尻尾をださない。

「できる……」

そう呟いてから、彦四郎はかすかに首を傾げた。

「おかしい……」

どこかで会ったことがあるような気がしたのである。

姿形に見覚えがあるのだ。

「誰だ……どこで会った……」

ひとりごちながら、進んでいくと先に波頭が見えてきた。帆船が数隻漂っている。

遠くには、千石船も停泊しているようであった。

空の青と海の青に白い帆が映えている。甲板では、水夫が忙しく立ち働いている姿も見えている。

それだけを見るとのんびりした雰囲気に包まれているのだが、彦四郎の額からは脂《あぶら》汗《あせ》が流れ始めていた。

三

船頭たちが通り過ぎる。

そのなかのひとりが彦四郎の顔が不気味だったのか、通り過ぎるまで見つめていた。そんなことも気がつかないほど、彦四郎は緊張していた。

「誰だ……」

敵なのか味方なのか。

それも判然としないだけに、よけい気持ちには焦りが生まれる。

こうなったら、正面からぶつかったほうがいい。決心した彦四郎は海へ出る道から少しはずれることにした。

途中で路地でもあったら、そこで待ち伏せをするつもりだった。

気持ちを覚られないように、ゆっくり歩く。

しばらく行くと、右に曲がる路地があった。角には大きな商店が建っている。海産物を売っている店だった。軒下には魚がぶら下がっている。

店の前には大勢の客が並んでいた。ひやかしもいる。人混みに隠れるようにして彦四郎は店の角を曲がった。後ろに気を向けると、相手はしっかりついてきている。

「味方か？」

相手が発する気にも、どこか懐かしさを覚え、彦四郎は歩みを緩めた。

「まさか……」

その気は、たしかに知っている人間のものだ。

だが、あり得ぬ、と口から言葉が出た。

「そんなばかな……」

また、呟いた。

こうなるとどうしても確かめなければ決着がつかない。もし敵だったら、戦うまでなのだが……。

そうか――。

彦四郎はなんとなく気がつき始めた。

「もし、そうだとしたら……」

いきなり走りだした。

一町ほど駆け続けて行って、ふたたび角を曲がったところで、彦四郎は足を止めた。そこで、待ち伏せをしたのである。だが、来ない。足音が消えてしまったのだ。

「なに？」

どこに行ってしまったのか……。

ふと笑みを浮かべた。

すぐ後ろに松の木がある。その上に目を向けたのだ。

「降りてこい」

返答はない。

「生きていたのか……」

ざわりと葉ずれの音が聞こえた。人が上から降りてくる。途中で体が見えるようになった。

「茂蔵……」

「うっへへへ」

「地獄から戻ってきたのか」

「不死身だといいました……」

「本当にそうらしい」

彦四郎は姫の救出のために命を落とした茂蔵の供養を行わねばと思っていたのが、これは、どういうことか。

「なに、簡単なことです」

自分で息を止め心の臓も一瞬だけ止めることのできる術があるというのだった。いわゆる仮死状態になれるということだ。それで敵を欺《あざむ》き相手が死んだと思ったところで、逃げる。

「傷は？」

「舞台用の血糊《ちのり》です」

「なるほど。忍びとは嫌な連中だ」

「ご勘弁ください……」

さっき、茂蔵の死を三人で嘆いていたと、伝える気はなかった。

「お前……髷はどうしたのだ」

えへへと笑いながら茂蔵はちょいと頭に触れた。どうやら、芝居用の鬘《かつら》らしい。

「ち……ふざけやがって」

「彦四郎の旦那が嘆いていると思ってましたから初めに顔を出しやした」

「誰がお前など……」

「へへ。三両はしっかりいただきますからね」

「それは、源九郎からもらえ。それより、なにか土産《みやげ》を持ってきたのではないか？」

「さすが、難波彦四郎さま」

「おだてはいらん」

いつもは冷徹な目をしている彦四郎だが、茂蔵が生きていたことで、少し頰が緩んでいる。

「旦那にも人間的なところがあるんですねぇ」

はいはいといいながら、この丸亀に敵方が集まり始めている、と告げた。

「早く教えろ」

「それは、予測できたことだが……」

「やつらは船にいます」

「船だと？」

「はい、大坂から船を調達してきたようです」

そういえば、さきほど海を見たときに千石船が一艘、漂っていた。

「あれが、そうだったのか」

千石船だから、樽船だろう。

「船を準備したのはおそらくは自分たちの居場所を隠すためでしょう」

町のなかで大勢の家来たちを隠すのは難しい。船ならそれは簡単である。周りから見たら、ただの商船と見える。町中で、家来たちが集まってきたとしたら、丸亀藩としても、なにごとかと疑惑を持つ。

浪人の格好をさせているとはいえ、一箇所に集めるのは難しい。といって、分散させたのでは、いざというときにまとまりをかく。そう考えると船に集合させているのは、得策と思えた。

「敵ながらあっぱれ」

「まぁ、あの沢登ですからねぇ」

集まってきたのは、数日前からだという。

「おそらくは姫たちがこの丸亀に着く日をある程度、予測して集めたと思われます」

「なるほど。沢登には商船までも動かす力がある、というわけか」

「そのくらいは朝飯前でしょう」

なにしろ、国家老はほとんど傀儡《かいらい》になってしまっているというほどの権勢《けんせい》を誇っているのだ。

「それはそうと……」

「はい」

「お前はあれから、どうやってここまでやってきたのだ」

はい、と茂蔵は語り始めた。

忍びの術を使って息を止め、仮死状態になった茂蔵は敵が消えるのを待っていた。亥之吉がすぐその場から消えたことも、いいほうに動いた。奴がいたらこの術は見破られていたかもしれない。

彦四郎には悪いと思ったが、まずは味方から騙《だま》す。このようなときの鉄則である。彦四郎は、あっさり騙された。

とにかく、源九郎たちが琴姫を救出できるように働くのが、自分の仕事である。

そこまで語ると、彦四郎は嫌そうな顔をしたが取り立てて、不機嫌な顔はしなかった。

茂蔵には、彦四郎にも話せない裏があった。

もともと、茂蔵は江戸の生まれである。茂蔵の父親は江戸の御庭番《おにわばん》、服部《はっとり》組の配下であった。

密偵というほど重い仕事を請け負っていたわけではない。

茂蔵の先祖は、元伊賀上野《いがうえの》の出であった。家康《いえやす》が伊賀越えをしたときの働きを認められて、父親は伊賀の姓をもらい、伊賀民右衛門《たみえもん》と名乗ることになったのである。

忍びとはいえ、ほとんど事務仕事が中心であった。しかし、民右衛門は茂蔵に本当の忍びの技を身につけてもらいたい、と願ったらしい。

そこで、五歳のときに茂蔵はある忍びの家に預けられたのである。

その家は伊賀ではなく、丹波《たんば》であった。

丹波忍者では、石川頼明《いしかわよりあき》という男が知られていた。信長の暗殺を謀《はか》ったり、江戸城ができたときには、城に忍び込んで家康の命を狙ったとまでいわれる伝説の忍者である。

父の民右衛門はその丹波忍者の流れを汲《く》む、石川五条之助《ごじょうのすけ》という男に茂蔵を託したのである。

あるとき、茂蔵は父親にどうして伊賀ではなく、家康さまの首を狙ったといわれる丹波忍者に自分を預けたのか、問うと、

「そのほうが、新しい忍びの術を知ることができる」

と答えた。

五歳の頃から、五条之助に鍛えられた茂蔵は、十八歳のとき江戸に戻り、それからは、あちこちの土地に潜り込んでは、なにか怪しい動きがないかどうかを探る仕事を続けていたのである。

つい先頃まで茂蔵は、今治柳家に潜り込んでいたのである。ところが、ひと月前のこと、民右衛門から文が来た。

日之本源九郎さまという若さまの警護につけ、と命じられたのであった。

源九郎さまというのは、現将軍の落とし胤《だね》。

世間にはあまり知られていないが、本所に屋敷を持って気ままに暮らしているという。それが、今度どういうわけか琴姫という姫と一緒に今治に行くことになったという。

そんな情報をどこから聞いたのか、父は教えてくれない。

「忍びは裏の内容は知らぬことだ」

民右衛門からは、今治柳家のお家騒動を探るようにいいつかって、沢登栄之進を調べていたところだったのである。

亥之吉は沢登に金をもらって働いていた。以前、茂蔵と亥之吉は十八歳まで丹波で修業してきた仲であった。だから、屋敷に出入りするようになった茂蔵の顔は知っていたのである。

そこで、茂蔵は亥之吉から江戸から今治に向かう男装の女たちを襲わないか、と声をかけられたのだった。渡りに船と仲間のふりをして、亥之吉に近づいたというわけであった。

「どうしたのだ」

これまでの経緯を思い出していた茂蔵は、怪訝な顔で自分を見ている彦四郎に声をかけられ、

「あ、いや……では、源九郎さまたちがいるところへ、行きましょう」

彦四郎は、ふむ、と頷いたのである。

四

丸玉屋に戻ると、琴姫と源九郎がなにやら話をしているところだった。そこに茂蔵が姿を現したのだから、琴姫の驚き具合は尋常ではない。源九郎は、わははと大笑いをするだけである。

「忍びというのは便利だ。死んだり生き返ったりする」

「不死身の男、と呼んで欲しいそうだ」

彦四郎が、どこか明るくなっている。それに気がついた琴姫は、うれしそうにしている。茂蔵が自分のために命を落とした、と責任を感じていた。それがなくなったの

だから、気が軽くなったように見える。

「彦四郎、お前もこの旅で少し変わりましたね」

「……それはありません」

いきなり元の死んだ目と、凍った頬になった。その顔のほうが見慣れている、と源九郎はまた笑った。

珍しく一行に笑顔が溢れた。

「ところで……」

茂蔵が、顔を曇らせながら、因幡守さまが亡くなった、と告げる。

「なんと……信利さまのお父上が」

「これは、今治行きを早めなければ」

そうですね、と琴姫は嘆《なげ》きながらも、

「これにお松がいたら……」

ふと目頭を押さえた。お松はどうしたのでしょう、と呟く。それについては、茂蔵も情報は持っていないらしい。難波新地の旅籠に伝言を残してきた。それを見たら、丸亀に来るだろう。といっても、すぐこちらに向かっても、船便の都合で五日以上はかかる。

「それだと、こちらに着いたときには、敵との戦いが終わっているかもしれんなぁ」

源九郎の言葉に彦四郎も頷き、

「それならまた、この旅籠に伝言を残して、柳藩まで来るように伝えておけばいいと思うが」

「そういえば、あの峰丸はどういう位置にいたのでしょう」

信じていたのに、といいたそうに琴姫がため息をついた。

「本名は峰といいます」

茂蔵が、事情を知っていると語りだした。

「本名は、峰。沢登栄之進は兄です。そしてお松さんの弟とは好き合っています」

「なんと」

「栄之進は峰さんを使って、義一郎を誘惑させました」

「ううむ」

「ですが、峰さんと義一郎は本気で好き合ってしまったのです。それでも峰さんは兄の計画を進めなければいけない。琴姫さまが国許に運ぶお甲の方と山之内の間で交わされた書簡を奪い取る計画でした」

「なるほど」

「そこで峰さんは義一郎経由で、お松さんに文を出させました。自分を助けてくれ、という内容です」

「助けてくれとは？」

琴姫が問う。

「はい。文を奪ってくれたら、自分は沢登栄之進の許で出世が約束されている。それがならなければ、自分は命を獲られてしまうというものだったと」

「卑劣な……」

彦四郎が、吐き捨てながら、

「そういえばおかしな噂もあると聞いたのだが」

「それは、どのような噂ですか？」

「因幡守の側室お甲の方と不義を働いた、という噂だ」

「なるほど……」

茂蔵は、肩の力を抜きながら、それは藪《やぶ》の中だと答えた。

「汚い……」

琴姫が、呼吸を荒くする。まさか、お甲の方が栄之進と不義をはたらき、それでお子が生まれたなどと、そんなことがあっていいものか。憤懣《ふんまん》やるかたない目つきで源九郎を見た。

「いや、私は不義など働きません」

「ただし、それはあくまでも城中の噂であり、どこまでが真実なのか、それはわかりません」

「沢登栄之進はやり手だといわれていますが、あるときから、なにやら言動に変化が起きたという噂も聞いたことがあります」

琴姫が、茂蔵に問う。

「たしかにその通りです」

「自分の息子を君主にするのだ、そのくらいのことはやるかもしれぬ」

彦四郎は、そうなったら自分でもやるといいたそうだ。

だが、茂蔵はやることが派手すぎませんか、と源九郎に目を向けた。

「ふむ……」

それはあるが、と源九郎は慎重に答えた。

「しかし、それはすべて憶測ではないか。真実を探るためには今治に行ったほうが早い」

源九郎の言葉は、そこにいる全員の気持ちでもあった。

「しかし、敵は船で待ち構えています」

「こちらの動向はばれていると思っていたほうがいい」

「そうですね」

源九郎の言葉に茂蔵は、頷いた。

「ところで、茂蔵……」

「はい？」

「お前は、どうしてこちら側に加担をするのだ？」

「それは、旦那に男惚れしたからです」

「本当か？」

その目は鋭い。源九郎の目に射すくめられて茂蔵は、体を縮《ちぢ》めた。

「うへぇ。その目はまるでどこぞの偉いお殿さまから問い詰められているような気がしますぜ」

そういえば、と彦四郎も冷たい目を茂蔵に向けた。

「さっきは、忍びの術で生き返ったなどと説明していたが、敵と通じていて騙したのではないのか？　そう考えたほうがしっくりくるぞ……」

「ちょっと待ってくださいよ。お姫さんもなんとかいってください」

「しかし、私には、なにがなんだかはっきりとは見えません」

「これは困った」

茂蔵は、本気で困り顔をする。額から汗が吹き出ているのは、疑われるとは夢にも思っていなかったからかもしれない。その姿を見て、源九郎は茂蔵の顔を意味深な目つきで覗きこみ、

「おい、茂蔵……」

「は、はい」

「たった三両で、こちらの側に加担するなんぞ、あまり信用できるものではないぞ」

「しかし、最初は三百両だと思って……」

「なるほど。だがな、あまりにも都合よく、我々のそばにくるではないか」

「そ、それは……」

「それに、初めて会ったとき、武士の言葉遣いになったこともある。そろそろ正体を現してもらおうか、うん？」

その目は、嘘をついたら斬り捨てると書いてあった。普段はのんびりしている源九郎だが、生まれつきの威厳を持って当たるから、普通の者なら平伏するほどの力がある。

しばらく、ううう、と唸り続けていた茂蔵だったが、がばっと伏して、

「ばれてしまったら仕方ありません」

「わかった」

「はい？」

「もうよい」

「あれ？」

「それ以上、いうな」

源九郎は、茂蔵の言葉を止めた。琴姫と彦四郎はどうしたのか、と怪訝《けげん》な目を交わし合う。

「よいか……」

源九郎はまた、茂蔵の瞳を見つめる。その瞳は源九郎の身分も知っているのであろう、と問うていた。茂蔵の目がかすかに揺れた。

「ふふ、どうやら想像通りらしい」

「あの……」

琴姫が、にじり寄って、

「どういうことなのですか」

「いや、気にせずともよいのです。この者が敵からの贈り物ではないか、ふと思ったのだが」

「違ったのですか?」

「まったく違いました……」

またまた、源九郎は目に意味を込めて琴姫を見つめる。じっと見つめ合っていたふたりであったが、やがて琴姫はなにごとか気がついたらしい。

「あ……もしや」

公儀……と唇が動いた。

「それ以上、ここでは言葉に出さぬほうがよろしいかと」

「なるほど……わかりました」

今度は、彦四郎に体を向けた。そこで、彦四郎もようやく気がついたらしい。

「あ、なるほど……それは聞きたくない言葉だ……」

茂蔵に目線を送ると、うまく騙されたと小さな声で告げた。

「……まさかばれるとは、思ってもいませんでした」

「お前が不死身なら、私は不死鳥なのだ」

「はい?」

「よい、気にするな」

がはは、と笑う源九郎に琴姫の目はやさしい。

「まぁ、これでなんとなく戦う用意ができた」

小弥太はまだだが、待ってる暇はないと源九郎はいった。

「で、次の策は？」

「こちらから仕掛けよう」

「船に乗り込もうというのですか？」

琴姫の目が輝いた。腕が鳴るとでもいいたそうに腕まくりまでして見せる。

「ここで、一気に決着をつけたほうがいいような気がするのです」

その言葉に、茂蔵は膝を打ちながら、

「先手必勝ってやつですね」

「敵が集まっているのだ。それなら一気にやっつけられる」

「腕が鳴ります」

茂蔵が、わざと袖をまくって見せる。江戸っ子みたいですねぇ、と琴姫は喜んでいる。

五

船はまだ動かずに停泊を続けている。

昨夜、小舟が近づいたと茂蔵が見ている。若い男女が乗り込んだように見えたという。

源九郎の計画は夜陰に乗じて、機先を制して船を襲うというものであった。

危険なのは承知の上だ。

一見、無謀である。敵はいまどれだけの人数が集まっているのか、どんな連中がいるのか、まったく情報がないからだ。

それでも、ここで決着をつける、と源九郎は決断したのだった。

「因幡守さまが亡くなったとしたら、国許に戻った家臣たちも多いはずだ。したがって、いまなら勝てる」

茂蔵は、そのとおりです、と賛同する。

「それには、小舟がいる」

彦四郎が、船を襲うためにはこちらも渡るために小舟がいる、というのだった。

「それなら……」

茂蔵が、仲間がいるから舟を調達してもらおう、といった。

「お前には、どれだけの仲間がいるのです」

琴姫が不思議そうな顔をする。

「はい、あちこち日本全国です」

にやりとして答えた。

「お前の忍びの術は伊賀ではないな」

源九郎が看破した。

幕府の御庭番は、伊賀が中心だ。だが、茂蔵の体捌きはどこか違うと源九郎は見ている。

「はい……まぁ、それ以上のことは」

ご勘弁を、と茂蔵は口を閉じた。

「まぁ、いいだろう。誰が支配しているのか、ここで聞いたところで意味はない」

「やることはひとつですから。姫さまを守ることです。それと……」

源九郎に目をやると、茂蔵は意味深な目配せをする。

「ふふ。やはりな」

ふたりは周りには気がつかれずに、合図を送りあった。

「そんなことより……」

琴姫は、お松のことが心配です、と憂いを見せる。

茂蔵から、敵側にはお松の弟がいると聞いている。そこで裏切る気持ちがあるのではないか、と心配しているのだ。

「それはないでしょう。裏切るつもりなら、もっと早く箱根宿辺りでなんらかの行動を起こしていたはずです。峰丸が敵だったのに、お松はそれを知っているような素振りはありませんでした」

「隠していたかもしれん」

彦四郎は、元の能面顔に戻っている。

「それもあるまい」

源九郎が否定する。

「いま、わからねぇことを考えていても無駄です。まずは舟を見繕《つくろ》ってきます」

茂蔵は、丸玉屋から出て行った。

彦四郎も、少し巡回してくるといって、茂蔵から少し遅れてから部屋を出た。

源九郎と琴姫のふたりが残った。

琴姫は源九郎とふたりだけになって、身の置き所がないような面持ちである。

「源九郎さま……源九郎さまはどのようなお方ですか」

「また、それですか。私はただの部屋住み、遊び人、天下の素浪人です」

「浪人ということはないでしょう」

着ているものから、刀の拵《こしら》えなどを見ると、本人がいうような身分ではないとわかる。もし、そうだとしたら陰で相当悪いことをしているに違いない、と琴姫は皮肉を込めて微笑んだ。

「なるほど……」

「どうにも、わかりません」

「なにが？」

「私を助けてこんな所まで来てくれたのは、なにか意味があるのではありませんか？」

「はて……」

「じつは、私にはひとつの仮説があります」

「ほう……」

「でも、それはここではいわずにおきましょう」

「言いたいことを我慢していては体に悪いですぞ」

「でも、あまりにも突飛な考えですから」

目を伏せてから、また源九郎を上目づかいで見つめる。その目は潤んでいた。その潤いの陰にはなにが隠されているのか……。

「泣いているのですか？」

「……源九郎さまはおなごの気持ちがわからないお方ですね」

「おや、そうであったか」

苦笑いしながら、琴姫を見つめて、

「あながちそうともいえませんぞ。姫の気持ちは重々知っております」

「まぁ……」

ぱっと琴姫の瞳が大きくなったように見えた。

「信利さまに早くお会いしたいと願っているのでしょう」

「………」

「辛抱もう少しです。今日の襲撃がうまくいったら……いや、うまくいくはずです。それが終わったら、すぐその足で今治まで行きましょう。そうしたら、信利さまに会うことができます。感動のご対面です」

真剣な目で語る源九郎に、琴姫はうらめしそうに目を伏せた。

夜が来た……。

深夜は、江戸も大坂も丸亀も同じ静けさである。

違うのは、今日は十六夜《いざよい》であることだった。雲があるので、月の半分は隠れている。そのために、夜の海は暗い。

ときどき白波が、反射する。

ぱちんとなにかが跳ねる音が聞こえてくるのは、魚が跳ねた音か。

危険だから、旅籠で待っているようにと、周りが諭したのだが、琴姫は男装に戻って同行していた。

乗っている舟は、茂蔵が調達してきた平舟であった。

櫂を握っているのは、一艘が茂蔵。

もう一艘は、茂蔵の仲間が漕いでいる。仲間だから心配はいらない、と茂蔵は太鼓判を押していた。

茂蔵が操っているほうに、源九郎と男装の琴姫。もう一艘に彦四郎が乗っている。

彦四郎の船頭は戦いには加わらないから、味方は総勢四人である。

わずか四人だけで敵を強襲しようとしているとは、誰も考えまい。

それが、こっちの狙いだと源九郎はいう。

「孫子《そんし》にいう。敵を討つには少人数の精鋭のほうが有利となる」

「本当ですかい？」

「もちろんである」

「姫さま……寒くはありませんか」

夜の海である。それも季節は秋。暖かいはずがない。それでも、琴姫は気丈であった。

「自分のことです。寒くもなんともありません」

「それは重畳」

もっと語るべきことがあるのではないか、という目をする琴姫だが、源九郎はそれ以上の会話はしなかった。ときどき、夜の海を見つめたり、月の出を確かめているだけである。

「源九郎さま……」

沈黙が我慢できなくなったのか、琴姫が身じろいだ。

「なんでしょう。あまり声をたてると敵に感づかれてしまいます」

「……信利さまではないのですね？」

「はい？　私が信利さまだと思っていたのですか？」

「そうならいいなと……」

「これは、困った。残念ながら私は本当にただの部屋住み素浪人です」

「素浪人ということはありません」

「まぁ、譬《たと》えですが……」

櫂を操りながら、茂蔵は知らぬふりをしているが、会話は聞こえてくる。

――これは困ったことになっていたものだ。

心で呟いている。

源九郎が将軍の実子だと知っているのは自分だけだろう。小弥太も知らぬらしい。

それなのに、琴姫はそれを知らずに心を奪われてしまったらしい。それもわからないではない。源九郎さまは、人を喰ったところがあるが、内面から滲み出る高貴な人の鷹揚《おうよう》さと、利発さがある。

琴姫が心を奪われても、不思議ではない。

まさか、信利さまと間違うとは……。

おそらく、許嫁《いいなずけ》であればうれしいという思いが、そのような妄想を生み出したに違いない。だが、茂蔵が思った以上に琴姫はあっけらかんとしていた。

「信利さまだから助けてくれたのかと思っていました」

「残念であったなぁ」

「それならそれでまた楽しいものです」

「？」

「新しい目標が生まれました」

悪戯《いたずら》娘のように瞳が輝いているのだが、夜の海では源九郎には見えない。

「旦那……敵の船の明かりが見えてきました」

遠くのほうで暗い海のなかに数点、ぽつんぽつんと提灯の明かりが大きくなっている。

「あれか……」

源九郎が茂蔵を見た。こちらは、見つかったら困るために明かりはつけていない。いままで、遠くに見えている小さな明かりを頼りに進んできたのだ。その目標がいま、目の前に迫り始めている。

「行くか……」

もう一艘に乗っている彦四郎は、赤襷《あかだすき》を締め始めていた。

唇をぎゅっと締めて、これまで以上に目が細くなる。夜目にもその表情は陰険な香りを醸し出しているが、源九郎たちと初めてあったときとは、大違いであった。源九郎と付き合って、少しは心が溶けたのだろうか。

「彦四郎さん……」

茂蔵が、小舟を近づけてきた。

「縄はこちらにしかありません。移ってください」

敵の船に乗り移るには、縄梯子《なわばしご》が必要だ。

彦四郎は、よしと答えると、襷をぎゅっと締めた。

「じゃ、おれは戻るぜ」

船頭が茂蔵に合図を送る。

ありがとよ、と茂蔵は返答した。

彦四郎が乗っていた小舟が戻っていくと、茂蔵の小舟に重さが増した。そのせいで、喫水線が船縁すれすれになっていた。

「動かねぇでくださいよ」

下手をしたら、小舟に水が入ってそのまま沈んでしまいかねない。

ぴちゃぴちゃという音がいままで以上に、大きくなった。敵の船のなかから、笑い声が聞こえてきた。どうやら酒でも飲んでいるらしい。

「馬鹿な連中だ」

彦四郎が、襷の締り具合を確かめる。

「油断は禁物ですよ」

琴姫が注意を促す。

さきほど、源九郎に語りかけていたときとは、目つきが変わっていた。ご心配なく、と彦四郎は応じた。

「そろそろ静かに」

茂蔵が櫂の音を静めるような動きに変えた。

「みな、油断は禁物です」

琴姫の言葉に三人とも頷いた。

茂蔵は、舟の速度を落として敵に近づいていく。水の音が静かになった。それと反対に敵の声が近づいてきた。四人に緊張が走る。

「そろそろ縄梯子の用意を」

茂蔵が、合図を送った。

それをきっかけに、全員が体を傾けた。全員、黒っぽい衣服だから、海に溶けているとは思うが、船上から見たら見つかるかもしれない。

船の見張りはふたり。交互に甲板を歩いている姿が見えている。

「あのふたりが行き過ぎたときが頃合いです」

茂蔵の声が、かすかに聞こえた。忍びの術に仲間同士だけで聞こえる喋りかたがあるという話だったが、茂蔵が使ったのはそれだろう。

「よし……」

源九郎が、縄梯子を持って小さく回した。

むっと声を押し殺しながら、船縁に投げつけた。縄梯子の先端についている鉤《かぎ》が、うまく引っかかった。

ぐいと力を入れて、たわみを是正してから、

「最初に行くのは、誰だ」

彦四郎が手を上げた。

「危険な役が好きなのだ」

にんまりと頬を歪ませて、彦四郎は膝立ちになった。舟が揺れる。茂蔵がうまく操りながら、舟を止めて、

「旦那……見張りのひとりがもうすぐこち側に回ってきます。もう少し待ちましょう」

わかった、といって彦四郎は一度、腰を下ろした。

「縄梯子はひとつしかないのか」

源九郎が茂蔵に訊いた。

「鉤縄ならありますが、これでは役に立ちませんや」

そうか、と源九郎は頷き、彦四郎に体を向けて、

「気をつけろ。敵には亥之吉という凄腕がいる」

「なに、あの者とは一度、戦っているからどの程度か知っています」

「その油断が命取りになるのだ」

きっと見つめられて、彦四郎の目が揺れた。まるで主君に諭されているような気がしたのだ。

「源……九郎……さま」

「なんだ」

「あいや、なんでもありません」

言葉遣いが変わっている。背筋を伸ばしながら、

「あなたさまは、誰です」

「こんなところで、なにをいうておるのだ。いまだ、早くいけ」

何か訊きたそうな目つきをしたが、船を見上げると見張りがちょうど通りすぎて、陰に隠れるところだった。

行きます、といって縄梯子に足をかけた。琴姫が、くれぐれも油断なきよう、と後ろから声をかける。はい、と返事だけを残して、登っていく。

第六章　秋晴れ若さま

最後に上がってきた茂蔵が、後ろから見張りを昏倒《こんとう》させた。琴姫からは、殺すなといわれているので、気絶させただけである。

琴姫には源九郎がぴったりくっついていた。

栄之進は、甲板を降りた船室にいると思われた。茂蔵が先に階段を降りていく。彦四郎がそれに続いた。安全が確保されてから琴姫を降ろす算段であった。

「あ！」

甲板を降りたところで、茂蔵が固まり、戻れと叫んだ。降りたところに人が立っていたのである。そこの手前が部屋になっていた。そこに誰がいるのかはわからないが、警護がいるくらいだから重要な人物がいるのだろう。

「狼藉者《ろうぜき》！」

警護の者が叫んだ。それまで部屋のなかから聞こえていた話し声が止まり、がらりと戸が開いた。

見えた顔は、栄之進である。

「誰だ！」

後ろから出てきた侍が、なにごとかと警護の者に問い、茂蔵に気がついた。

「茂蔵……」

「亥之吉……どこにいた？」

ふたりはその場で睨み合った。

「ふん。先回りをして船の用意をしていたのさ。それにしてもこんなところまで来るとは……」

亥之吉は呆れた声をだした。

「甲板には、あの惚《とぼ》けた侍が来ているのか」

「もちろんだ」

「琴姫もだな……」

それには答えず、懐手をしながらふたりの会話を聞いている沢登に目を向けた。

「そろそろ諦める頃合いがきたなぁ」

「……まぁ、なんとでもいうがいい。明日に消える運命だったのに……。飛んで火に入る夏の虫とはこのことだ」

「はて、どうだか」

栄之進、と声が後ろから聞こえた。階段を降りてきた琴姫だった。戦うためには、娘姿では動きが鈍ると男装をしているためか、栄之進はしばらく目を瞠《みは》っている。

「なかなか凛々《りり》しい姫さまですなぁ」

「いつぞや以来です」

にらみ合いが続いているところに、源九郎が降りてきて、

「さて、さて、これで話し合いが開かれるということになったら、万々歳なのだが、そうはいかぬであろうなぁ」

「なにを惚けたことを」

そこに、部屋からまたひとり顔をだした。

「峰丸さん!」

出てきたのは、峰丸こと峰だった。やはり男装をしていた。

「これは、これは奇《く》しくも、雪之丞一座のお披露目とあいなったわけか。これは、演目が楽しみだ」

のんびりした源九郎の言葉に、亥之吉がばかなことをいうなと遮《さえぎ》った。

そのとたん、

「しぇ!」

亥之吉の投げた手裏剣が源九郎の首目掛けて飛んだ。

間一髪でそれを避ける。その瞬間、そばに走り寄った源九郎の当て身で亥之吉は崩れ落ちてしまった。すぐさま茂蔵がその体を縛り上げた。

「さすが……」

じっと見ていた栄之進は、感心しながら峰に向かって、あれを、と告げた。はい、と返事をしながらも顔を曇らせる。

「早く連れて来い！」

峰は、しぶしぶという顔つきで栄之進のとなりをすり抜けて、船底に向かった。

峰が連れてきたのは、お松と義一郎のふたりだった。どうやら茂蔵が見た男女はこのふたりだったらしい。

殺せと峰に命じた。

「え……」

「お前と義一郎の仲はすでに終わっておる。だいたい、策謀のために近づいただけのことだ。それを本気になるなど、愚の骨頂ではないか」

義一郎とお松は、沢登を追ってこの船まで来たのだが、裏切り者とされ、捕らえられていたのである。お松も義一郎も覚悟の表情である。姫と最後に会えたことだけで、うれしい、とお松は涙を流している。

栄之進が腰から刀を抜いて、ふたりのそばまで近づき、お松の首に切っ先を突きつけた。それを、

「姫……書簡を出してもらいましょうか」

「そのようなものはありません。最初からないのです」

持っているように欺《あざむ》いたのだ、と笑った。

「そうか、まぁ、半分は予測していたことだが、それならそれでもかまわぬ。いずれにしても、そのまま国許に入られてしまったのでは、こちらの計画は水の泡だ。ここで死んでもらいたい」

「そうはいかん！」

彦四郎の叫びがきっかけになった。

敵味方入り乱れての戦いが始まった。

源九郎は、琴姫をかばって甲板に上げさせた。船倉では狭くて刀を思うように振ることができない。それは、敵方も同じ考えだったらしい。

ほかの船室からも、どたどたと侍が姿を現した。

その瞬間、煙玉が飛んだ。茂蔵の仕業だった。

煙が消えたときには、侍たちが全員倒れていた。沢登と峰は甲板に上がっていく。

「待て！」

彦四郎が、一番先に甲板に出た。目の前に縄抜けをしたのか、亥之吉が立ちふさがっている。さすが忍びである。その後ろでは、縛られたままのお松、義一郎姉弟が峰の手にあった。

峰は義一郎の顔をまともには見ていない。見たら兄への加担ができなくなると思っているのだろう。

義一郎は、峰さん！　と叫ぶが返答はない。

お松は峰丸さん、と叫んでいる。

なんとか助けてもらおうとしているのだが、やはり兄の存在のほうが大きいらしい。

お松を助けようと、彦四郎が峰に向かった。

峰は、持っていた縄の端を帆柱につなぎ、対峙《たいじ》する。その構えは、並みの女には思えない。

彦四郎も、油断はならぬと身構えた。

沢登栄之進は、まだ刀を抜かずに成り行きを見ている。源九郎と戦おうとしている様子であった。

源九郎もあえて、なにもせずにじっと見ている。琴姫は甲板の端で控えている。仲間に危険が起きたら、すぐ出る体勢は整えているようだった。

峰は強かった。構えているのは小太刀だった。右手で構えてくるくると舞を舞うような動きは優雅で美しい。だが、それに見とれていると、必殺の突きが来るのだった。

「女にしておくのは惜《お》しい」

「…………」

峰は、闘いながらもどこか哀しい目つきに見えた。

義一郎の件があるからかもしれない。とはいえ、彦四郎が油断を見せるわけにはいかない。

彦四郎の目は冷たく、峰を見下ろしている。

青眼《せいがん》から上段に構えを変えて、じりじりと前進する。峰も片手青眼のまま、下がる。

「きえ！」

後ろがないと見切ったときに、彦四郎が飛んだ。

峰は横に動いて、それを逃げる。

だが、彦四郎の切っ先はその動きを見切ったように、先、先へと動く。

「あ……」

何度かの突きを避けたとき、右に動こうとした峰の肩に切っ先が突き刺さった。彦四郎は非情である。刺さったところを抜かずに、さらに押し込みながら、峰を追い込んだ。

「もう、後はない」

船縁に峰の体がぶつかりそこから動くことができなくなった。

「刀を捨てろ」

峰は、小太刀を投げ捨てた。

「斬ってはいけません！」

後ろから琴姫の声が飛んでいる。はっとした顔で、彦四郎は、一度ふりあげた刀を下ろした。峰の戦意が消失しているのは目に見えていた。

茂蔵がすぐ峰のところに飛んでいき、止血をしながら、懐から出した鉤縄で体を縛った。逃げないようにするためもあるが、悲観して海に飛び込まないようにとの配慮であった。

と——。

どこからか、ぱちぱちという音が聞こえてきた。

次に、煙が上がった。

「火事だ！」

こんなところで火をつけるとは自分で首を絞めるようなものだが、そこまで考えが至らぬ者がいたのだろう。おそらくは一度、茂蔵に倒されたうちの者が、目を覚まして火をつけたものと考えられた。

長居は無用だった。

源九郎は、栄之進に対峙する。

「こうなったら、おとなしくしたほうが身のためではないかな」

「なにをもってそんなことをいう」

「己の野望のために、信利さま廃嫡を狙い、あるいは琴姫を亡き者にしようとした罪は明白。おとなしく縛《ばく》につけ」

「わっはは。町方のような言い方をするが」

「似たようなものだ」

会話はそこまでだった。火が甲板にまで飛び火してきたからだった。帆が火に赤く舞い上がっている。

岸辺からは、火が十六夜の月に向かって飛び出している図が見えることだろう。

「無駄な会話は無用！」

栄之進が、飛びかかった。

抜き打ちに、源九郎が刀を横に薙いだ。

ぱっと飛び上がって、それを避けた栄之進は、袈裟懸けに振り下ろした。源九郎は寸の間で、それを避けると、今度は栄之進の脛《すね》を狙った。それもまた、栄之進は飛び上がって、逃げた。

「そこだ！」

体が降りてきたときだった、源九郎の剣先が宙を飛んだ。

「う……」

栄之進の膝に切っ先を薙《な》いでいた。

「急所は外してある。早く一緒に逃げろ！」

だが、栄之進はきっと源九郎を睨みつけて、

「おめおめと生き恥をさらす気はない」

そういって、片足を甲板についたままじりじりとすり足で、進もうとみせて、

「や！」

小柄が琴姫に向けて、飛んだ。

「姫！」

その前に体を投げ出したのは、彦四郎だった。腕に小柄が刺さった。火炎のなかに、血が吹き出すが、命には別状はないだろう。

くそ……といって、栄之進は足をかばったまま転がり、海に自ら落ちた。

「姫、飛び込むのだ！」

源九郎の掛け声に、琴姫が飛んだ。

続いて、彦四郎が飛んだ。

源九郎はお松と義一郎を縛っていた縄を切って、

「飛び込め」

「源九郎さまは？」

「峰を抱いて行く」

義一郎がありがたい、という顔をした。

海には茂蔵の仲間たちだろうか、小舟が数隻近づいてきていた。敵は栄之進、亥之吉を始め、みなその小舟に助けられた。

二

今治柳の屋敷では細面で色白の信利が、国家老と傷でまともに座れずにいる沢登栄之進を前にしていた。正装で控えている国家老は迷惑そうに、となりに控えている彦四郎を睨みつけている。さすがに大刀は取り上げているが、脇差《わきざし》だけは差している。信利の意向で、まずはふたりから話を聞こうということになったのである。いきなり反逆者としての扱いを取らないのは、国家老側にも言い分があるのではないか、という気持ちであった。

琴姫は、そんな甘いことではいけません、と諭したのだが、

「これが私のやりかたです」

にこにこしながらそう答えた信利を見て、最後は、承知した琴姫であった。

その場には、源九郎の他、琴姫、彦四郎がいる。

今日の琴姫は、紅色の打ち掛けにびらびら簪《かんざし》を揺らして、男装のときとは大違いである。源九郎は真っ黒な羽織を着ていた。その下の小袖も黒に千鳥格子《ちどりごうし》が散らばっていて、白の鳥が鮮やかだった。二刀は白柄。

「山之内源右衛門、そちと沢登栄之進が結託して、琴姫さまの命を狙い、信利さまを廃嫡させようとしたのは、明白。なにゆえこのような馬鹿なことをしたのだ。証拠もあるぞ。これだ」

そういって、源九郎は懐から油紙に包まれた書簡のようなものを取り出した。

「これは、お前とある御方の文のやり取りであるな?」

額に脂汗を流しながら、山之内は栄之進の顔を見つめた。取り返すことができなかったのか、と非難の目であった。

山之内は実は、と栄之進に体を向けて、

「すべてはこの男がやったこと。私は半分脅されていたのだ。いうことを聞かねば、私の子どもを殺す、といわれしぶしぶ手を貸すことにしました」

その言葉に、栄之進は驚愕の顔をする。

「騙り者め！　子どもなどおらぬではないか！」

栄之進は山之内に斬りかかった。

「やめなさい！」

信利のとなりに座っていた琴姫が叫び、続いて信利が叫んだ。

「栄之進、申し開きがあるか！　山之内……嘘偽りなく申せば、罪は減ずる」

「もとはといえば、国家老さまの策謀。私は乗せられただけです」

「なにを！」

山之内と栄之進が取っ組み合いになり始めた。

足が思うようにならない栄之進が逃げ出した。すぐさま追いかけて、源九郎が気絶させた。

「さて、山之内源右衛門」

源九郎の目が据えられた。その威厳ある姿に、山之内だけではなくその場にいた者たちが、畏れを抱いた。信利も琴姫も目を瞠っている。

山之内はそれを見て前をさばき、腹を出した。

「こうなったら、腹切っておわびを」

「馬鹿者！」

今度叫んだのは信利だった。上座から降りると、山之内の肩に手を置いた。

「源右衛門、そちはいままで父に仕えてくれた」

「………」

「なにゆえ、このようなことを」

答えはない。それどころか、

やぶれかぶれに見えた。眉は吊り上がり唇からは泡でも吹きそうであった。

「死ね！」

脇差を抜いて、斬りかかったのである。信利は転がりながら切っ先を避ける。そこに飛んでいったのは、源九郎である。

「馬鹿者！」

今日の源九郎は、いつものへらへらした姿とはまるで異なっている。

「先にお前だ！」

死ねと叫んで、源右衛門は源九郎に組みかかった。

脇差を振りかざしているために、いつ切っ先が源九郎の体に触れるかわからない。特に首の辺りで振るので、危険極まりない。

それでも、源九郎は怯《ひる》まず、

「すべてを話せば信利さまは、悪いようにはせぬというておるではないか、こんな所業に至った経緯を話せ！」

「うるさい！」

と——。

そこにがたがたと音を立てて、戻ってきたのは息を吹き返した栄之進であった。

源右衛門と源九郎が組打ちになっている間に入って、

「死ね！」

源九郎に飛びかかる。

信利は、逃げ回っている。

「真を申せば切腹は許す！」

「うるさい！」

源右衛門と栄之進が仁王立ちになっていた。源九郎に気絶させられた栄之進の頭はざんばらである。さらに、暴れた源右衛門も髷が崩れる。ふたりともさながら落ち武者であった。

「どうやら、死を覚悟しているらしい」

源九郎が呟いた。

「ならば、しょうがあるまい。あまり見せたくはなかったのだが……」

そういうと、源九郎はぱっと羽織を脱いで、

「とくと見ろ！」

さぁっと翻した羽織の裏には……葵《あおい》の御紋。

「な、なんと……」

「よく聞け、本所にこれありといわれる悪人退治の男の名を聞いたことがあるか！」

山之内はきょとんとしているが、栄之進ははっと顔を強ばらせた。

いずれにしても目の前に翻っている葵の御紋は、嘘偽りなさそうである。

それよりなにより、目を覚ましたような表情なのは、琴姫である。まさか、この方が、本所の若さまとは。

脱いだ羽織が、琴姫の前に飛んできた。それは、蝶々のように天井に昇りひらひらと落ちてきた。目の前で葵の御紋が鮮やかだ。

琴姫は、しばらく御紋を見つめていた。

驚愕の顔から、やがて諦めの表情に変わり、最後は、晴れやかな目に変化した。にこりと笑った顔は、新しい覚悟ができたと語っている。

となりで、腰を抜かしそうになっている信利に、

「信利さま……しっかりしなさい！」

尻でも叩きそうだ。

「う……そうであるな」

琴姫の叱咤に自分を取り戻した信利は、ささっと源九郎の前に伺候してから、

「源右衛門、本所の若さまなるぞ、頭《ず》が高い」

「は……」

「栄之進も！」

「………」

はぁはぁと息を荒らげているふたりを前にして、源九郎が叫んだ。

「両名ともよく聞け」

その後を続けようとしたときだった、後ろの大広間から、子どもが走って来て源九郎の前に立ち、

「こら、頭が高いぞ！」

信利の弟、勝義だった。目がくりくりしていて、なかなか利発そうな子である。

「おう……これは失礼」

にんまりしながら、源九郎は膝をついた。

「こ、こ、これこれ……こちらをどなたと……」

信利が顔色をなくしている。勝義を自分のほうに招き寄せて、膝に乗せた。仲の良い兄弟である。

「……見ろ、弟君は兄を慕っておるではないか」

源九郎が、息を荒らげたまま頭を下げるふたりに語りかける。

しかし、それで静まるふたりではなかった。

源右衛門が動いた。信利の膝に乗っている勝義を奪おうとしたのだ。わっと叫んで、勝義は兄の胸にすがりついた。

「勝義！」

そこにまたも大広間のほうから、女の叫び声が届き、

「ここに来てはいけません！」

きつね目に、尖った顎《あご》。いかにも気の強そうな面体の女だった。

「お甲の方さま……」

全員の動きが止まった。源九郎だけが、お甲の方をじっと見ている。お甲の方は、葵の御紋を見て目を瞠《みは》り、

「これは、これはかの名も高き、本所の若さまでございますか。この度は、不届きな家臣ふたりがとんでもないことをしでかしまして、まことに、まことに、ひらに無礼の段、お許しくださいい」

「ふむ」

「信利さまと相談などいたし、厳罰に処したいと思っております」

神妙な顔で、頭を下げるお甲の方に、

「いやいや、それは重畳。だが、ちとお甲さまに訊きたいことがあるのだが」

「はい、なんなりと」

「どうして、この者たちが私の前で不届きな行為をしたと知っておるのだな？」

「は……それは、このような形《なり》を見ましたら」

「それで判断したと申すか。それはおかしい。先ほどからこちらをうかがっておったのであろう。ちらちらと打掛の裾が見えていたからな。だから私が誰であるかを知っていたのであろう！」

「いえ、それは」

「ふたりの言動を知っていたのであろう。だがな……このふたりがどんな罪を犯したのか、それについては、誰も話はしておらぬはずだが？」

「あ、それは」

お甲の方はたじたじとなっている。

「信利どの、それに琴姫。ふたりはこのお甲さんに、源右衛門と栄之進がやったことを伝えたかな？」

ふたりは同時に首を振った。ふむ、と源九郎は目をお甲に向ける。

「これは、どのようなことかな？」

「いえ……」

「さぁ、しっかり話してもらおうか」

「はい」

「さぁ、さぁ、さぁ、さぁ」

お甲は追い込まれても、しれっとしたままである。

「私にはなにやらいっこうにわかりかねますが、一度、そこの山之内源右衛門に、お家にはおかしな動きがあると聞かされていました。それが、信利さまを廃嫡して、わが子を主君に祭り上げるなど、そんな神をも恐れぬ仕儀であったとは……」

「ほう……」

源九郎の目は、しっかりとお甲の方に向けられたままである。

「もし、おかしな画策があったとしたら、それは、この者たちが勝手にやったこと。私にはまるで関わりはありませぬ。私が勝義の兄である信利さまをないがしろにするわけがありません」

その言い草に、山之内の眉根がくっつきそうだ。栄之進は、下を向いたまま、拳を握りしめている。

「しかし、これはどう申し開きをするのか」

源九郎は、書簡を前に突き出した。

「……これはなんでございましょう。中を見てもよろしゅうございますか？」

「ん？」

「なにやら怪しげで意味深な包まれ方をしておりますが」

そういって、お甲の方はあっさりと油紙を開き、なかに入っていた文を取り出して、

「これはしたり、これはどういうことでしょう？」

なんと、その文には一字も書かれていなかったのである。

信利も琴姫も、彦四郎も源九郎を非難の目で見つめている。目を寄せていかにもこれは困った、と言いたそうな顔をする源九郎を尻目に、お甲の方はつかつかと信利の前に座った。琴姫を見て、笑みまで浮かべている。

「信利さま……それに琴姫さま。今回はめでたき日を迎えられるそうで、お甲はうれしゅうございます」

じろりとふたりをねめつけるその瞳が、まるで蛇のごとく蠢《うごめ》いているように琴姫には映った。

切れ長の目と通った鼻筋を持つお甲の方は、美人の部類だろう。だが、その瞳の奥

には、なにが隠されているのか予測もつかない。加えて座り方がどこかだらしない。

ご次男を産んだお方としては、襟《えり》も抜き過ぎているように見えた。

お甲の方の言葉に、信利は苦笑いをしながら、

「まだ、話は決まったことではありません」

「……おや、そうでしたか。それならどうしてそこに琴姫さまがいらっしゃるのでございましょう？」

「それは……」

口ごもっている信利の替わりに、琴姫が皮肉な顔で、

「それは、お方さまの悪計をあぶりだすためですよ」

「おや、これはまた異なことを」

あくまでも、お甲の方は自分の行状を知らぬ存ぜぬで通そうとしているらしい。さらに証拠だという書簡は、真っ赤な偽物と判明している。このままでは、なにごともなかったことになってしまう。

琴姫は山之内と栄之進に目を向けた。ふたりとも、なぜか神妙にしたままである。

「琴姫さま……あなたは、信利さまの許嫁になるおかたでしょう」

「さぁ……それはどうですか」

「おや、これもまたおかしな物言いですこと」

お甲の方の顔が歪んだ。てっきりふたりは祝言を挙げるものだと思っていたのだろう。だが、琴姫の顔を見ると、それはまだ決まっていないと告げている。

「……では、どうしてここへ？」

お甲の方は、唇を舐めた。なにか考えているようだった。

やがて、はっと息を呑んだ。

「琴姫さま……あなたは……」

「はい？　なんでしょう」

「なんの目的で、この今治へ来たのです」

しっかり返答をしないと、斬りかかりそうな勢いだった。その目には疑いの色が濃く浮かんでいる。

「ですからお方さまの悪事をあばきに来たと先ほど申しました」

「そんなことではありませんね。ひょっとしてそこの騙り者と一緒に」

そういうと、源九郎に目を向けて、

「葵の御紋などを使う騙り者め」

憎悪の炎が燃えた目で睨みつけた。

どうやら、公儀の後ろ盾で源九郎と琴姫が柳藩を取りつぶしに来たと思い込んだらしい。じっと源九郎と琴姫を見つめる顔が、しだいに真っ赤になってきた。

そこに、源九郎はお甲の方の前に進み出て、

「悪あがきはやめたがよろしいぞ。ここで謀議を認めたら、信利さまも寛大なる処置をしてくれることであろう。だが、最後まで認めないのなら……」

源九郎が大きな声で襖の奥に向かって声をかけた。襖が開きそこから縄で縛られた男が出てきた。亥之吉だった。

「みろ、あの者がすべてを白状したのだ。したがってお甲の方、あなたと山之内が最初はふたりで策謀したことはすべて明白なのだ」

「まさか」

「では、これではどうだな?」

なんと、源九郎はふたたび懐から書簡を取り出したではないか。今度は油紙には包まれていなかった。むき出しである。差出人として「こう」の文字が書かれていたのである。

「この者は忍びでな。常に自分の命を守る算段をしておるらしい。それで、沢登栄之進に仕えながら、自分の命の担保をかけていたというわけだ。つまり、これを盗み出

していたのは、この亥之吉だったたというわけだ。信利どのに見てもらおうか。どうだな？　これでも白《しら》を切るのか！」

最後は、いままでで一番大きな叫びであった。

「そうはさせぬ」

お甲の方が呟いた。くぐもった声は源九郎と琴姫たちには聞こえない。

「そうはさせぬ……この柳家は勝義のものになるはずなのだから」

最後の台詞だけがかすかに聞こえた。

信利は、いきなりお甲の方の顔が変化したことに驚き、すぐ刀を引き寄せて対応しようとする。

「信利さま……私を斬りますか……」

いつのまにか、お甲の方の顔は夜叉《やしゃ》に変化していた。

「こうなったら、信利さまに死んでもらいます」

「なんと？」

信利は、一瞬、力が抜けたような顔になった。だが、その顔がまた瞬時に厳しくなる。

「お方さま……」

声をかけたその顔には、一連の揉め事は穏便にすませたいという意味が込められている。だが、お甲の方は、そんな信利の気持ちなど汲みとる余裕はなかった。

「まずは、こちらから!」

懐剣を抜いて、源九郎に斬りかかった。母上! という幼き声が飛んだ。お甲の方は抜いた懐剣を源九郎の胸目掛けて突き刺そうと手を伸ばした。

その腕をぐっと摑んだ源九郎は、

「悪あがきはやめたほうがよろしい」

それでも、お甲の方は、暴れ続け、

「この家の継嗣は勝義なのだ!」

何度も、何度も叫んで懐剣を振り回す。

髪を止めていた笄《こうがい》がはずれ、長い髪が左右に振り回される。源右衛門と栄之進が落ち武者ならば、お甲の方は夜叉であった。

あはは、あははと笑いながら、

「次の殿さまは勝義である。勝義である、勝義である……」

何度も、何度も、何度も、同じ名を呼び続けてはふらふらと千鳥足になる。

「気が狂《ふ》れたのか……」

信利が呟いた。

やがて、お甲の方は大広間に向かって戻っていった……と！

驚くほどの速度で体を翻し、

「おのれ、信利！　にっくき者。お前さえいなければ、いなければ、いなければ！」

気が狂れた目つきで、信利目掛けて飛んできた。

「これはいかぬ！」

源九郎が、止めようとしたそのとき、

「痴《し》れ者！」

彦四郎が、お甲の方に飛びついて、後ろから脇差で突いた。

三

一瞬、時が止まった。

がぁ！　っと叫んでお甲の方は崩れ落ちた。その瞬間、

「ごめん！」

彦四郎が血を一度ぬぐうと、自分の腹にその脇差を突き刺したのである。あっとい

う間のできごとのため、誰も止めることはできなかった。

「彦四郎！」

琴姫の叫び声と同時に、源九郎が彦四郎の側に駆け込んで体を支えた。その顔を見つめながら、彦四郎が呟く。

「このことは、私ひとりが乱心したゆえ……ですから、お家は安泰に……謀議もなにもなかったことにしていただきたく……」

「なんと……」

「若さま……本所の若さまと知っていたら、もっと違うお話をすることもできたかもしれません……」

「…………」

「お約束を……琴姫さまにも信利さま、そして今治柳家にはなんのお咎《とが》めもなきこと、ここで」

「もとよりそのつもりである」

源九郎は、琴姫を側に呼んだ。

「なにゆえ、お前が！」

叱りつけるほど強い琴姫の声であった。

「いまのままではどう転んでもお甲の方さまが悪事を策謀したことになります。調べが進めばさらにその証拠も出てくることでしょう。それでは柳家に傷がつきます。ひいては姫のお父上、讃岐守さまに飛び火するかもしれません」

伊予松山藩と柳藩との祝言が持ち上がっているのだ、今度の揉め事に関与したと指摘される事態が起きるかもしれない、と彦四郎はいいたいのだ。

「そこまで考えたのですか……」

琴姫の声とともに、さらに時が止まった。広間の空気が冷えた。彦四郎は真っ青な顔色で、

「姫……信利さまにお怪我は」

「ありません、しっかりしなさい」

「それは……」

「彦四郎！」

「よかった……」

それだけをいうと彦四郎は目を閉じた。源九郎が、琴姫の手に触れた。

「姫……」

「源九郎さま……」

「抱いてあげなさい」

虫の息でいる彦四郎を抱えながら、琴姫は耳元で囁いた。

「彦四郎、お前の忠義は忘れません」

最後の力を振り絞ったのか、彦四郎の目がかすかに開いて、やがて瞼《まぶた》を閉じた。

彦四郎の名を呼ぶ琴姫の声が、広間に流れ続ける。源九郎は葵の御紋がついた羽織を彦四郎の体にかけた。

落ち武者ふたりは、どうしたらいいのかわからぬのだろう、その場にへたり込んでいる。振り返った琴姫の目と合い、はっと息を呑みお互い争いながらそこから逃げ出そうとした。

立ちはだかった信利の家臣に、刀を向けた。

「ふたりとも、そこに直れ！　これ以上、この場を血で汚すでない！」

源右衛門と栄之進は、源九郎の言葉に畏れ入り、がくりと頭を垂れた。

そのとき、小弥太という名の江戸者が源九郎さまを訪ねてきています、という声が聞こえた。

源九郎と小弥太は船に乗っていた。

なんと、そのとなりにはまた男装した琴姫が乗っているではないか。

今治から金毘羅さんにいく船中である。

あれから琴姫と信利はふたりで会合を持った。そのとき、お互い祝言に対する気持ちを語り合ったという。特に、琴姫は、自分の気持ちを述べた。信利には悪いと思ったがいまはまだ祝言を挙げる気持ちはない、と。

「もう少し、世の中を見たいのです」

「なんですって？」

「じつに失礼な話で申し訳ありません」

たいして申し訳ないような顔をせずに、琴姫は頭を下げそのまま信利の前を辞してしまった。

「あ……」

呆然と口をあんぐり開けて、信利は石地蔵になったままであった……。

かもめが、船の舳先を通り過ぎて行く。

飛魚だろうか、魚が跳ねる姿も見えていた。

船客には、六根清浄《ろっこんしょうじょう》の格好をしている者が多い。琴姫は信利との会話を源九郎に告げ、このまま江戸に帰るよりは、せっかくだから金毘羅さんに参拝してから戻ったらどうか、と勧めたのだった。

いま源九郎は、小弥太にいなかった間のできごとを説明しているところだった。

「なるほどねぇ……やはり、お甲の方が本当の首領だったというわけですかい？」

「さぁなぁ」

「で……、勝義さまの本当の父親は誰なんでしょう」

「それは誰もわからぬ」

「お甲の方だけが知っているというわけですかい」

「あの方は、秘密を抱えて死んだのだ」

「はい？」

「あの気が狂れたおこないは、わざとだ」

「まさか」

「その証拠に、彦四郎に刺されたとき、私を見た。その目はあとはよろしく、と訴えていた。あのままでは身動き取れぬことになると思った。お甲の方が気にしていたのは、勝義さまの将来だろう。巻き添えになって、悪ければ命がなくなる。そんな仕儀にさせるわけにはいかない。そこで気が狂れたような態度に出たのであろうなぁ、我が子を守るための捨て身であったのだろう」

乱心となれば、罪は勝義まで及ぶことはないと、一瞬の間に判断したのだろう。

「そうですかい」

かもめの鳴き声が聞こえてくる。

「ところで旦那……義一郎さんとお峰さんはどうしたんです？」

「船から飛び込んだときに、茂蔵にふたりでどこかに逃げるよう、算段をさせたから、いまごろは、どこぞにいるであろうなぁ」

「それはよかったですねぇ。あの峰丸さんが、敵側だったとは驚きですが」

その言葉に、琴姫が眉を寄せた。自分が雪之丞一座と仲良くなったからだ。まさか、そのなかに、敵方の間者がいるとは夢にも思わなかった、と肩を落としたが、

「なに、それもこれも天の思《おぼ》し召し」

しれっとした顔で源九郎が応じた。

「お家騒動は、違います」

きっとなって琴姫が唇を噛んだ。

「ふむ……しかし、お家騒動などない世の中にはならぬものか」

「いまのご政道に不服はありませんがねぇ」

「ふむ……」

会話が止まったとき、となりに客がどんと座った。

菅笠に四国参りの格好をしている。なにやら煙草の匂いをさせて、

「旦那がた……火はありませんかねぇ」

「なんだと？」

十手は見せずに懐に隠している小弥太だ。よけいな者が近づくとつい目がきつくなる。

「煙草を吸いたいんでさぁ」

「その言葉は、江戸っ子か？」

「神田の生まれですよ」

「嘘つけ」

「親分さん、それはありませんや」

「なに？」

誰も知らぬはずの正体をいわれて、小弥太は目の色を変える。

「へへへ、親分さん。その顔つきじゃ金毘羅さんに行っても、善人にはなれそうにありませんや」

「あ……てめぇ！」

「煙草の火を……あっしは、本当に神田の生まれです」

「いつの間に」

茂蔵の変装だった。目が笑っている。小弥太の驚きを楽しんでいるようだった。

「源九郎の旦那……」

「わかっておる。三両であろう」

懐から紙入を出した源九郎だったが、しまったと呟き、

「……親分、三両持っておらぬか」

「あるわけありませんよ、そんな大金」

「というわけだ、茂蔵、江戸まで付き合ったら払ってやろう」

「へへへ、お屋敷に行って三百両いただきましょうか」

「それは困る」

本気で慌てる源九郎の姿に、正体を知っている茂蔵も、知らぬ小弥太も笑い転げる。

それをきっかけにしたのか、源九郎が立ち上がった。すぐ琴姫も追いかけて、ふたりは甲板に立った。白帆が風に膨らんでいる。冬とはいえ、今日は暖かい。波も静か

で、以前の船旅よりは気持ちも穏やかだ。

海を見ている源九郎の後ろに琴姫が立った。

「若さま……なにをご覧になっていらっしゃるのです」

「やめてください」

「はい？」

「へりくだった物言いです」

「しかし」

「私は、ただの部屋住み源九郎。それ以上でも以下でもありません」

そうですか、と琴姫はにんまりしてから、

「私が信利さまとどんな話を交わしたのか、ご存じですね」

「お聞きしましたよ。この船に乗る前」

「では、私にも恋い焦がれるお方ができたという話を知ってますね」

「海は広い」

「はい？」

「で、見つかりましたかな？　あ、いや男ではありません。捜していたものです」

「あぁ……」

以前、琴姫は源九郎に、この旅の目的は本当の自分を見つけるためだ、と語ったことがある。その結果を源九郎は訊いているのだ。

「そうですねぇ。見つかったような、まだのような」

「海は広い。小魚がいれば、鯨《くじら》のように大きな生き物もいる。焦ることはありません。ぶりやぼらのように、成長するにしたがい呼び名が変わる場合もあるのです」

「はぁ……」

意味不明のような気もするが、わからないではない、と琴姫は頷いた。

「確かに今回の旅で、少しは成長したような気もしますが、変わっていないような気もします。どちらなのか」

「ふむ」

「私はいままで、じゃじゃ馬姫と陰口をきかれて、ひとりぼっちだったような気がしていました……」

「徳、孤ならず、必ず鄰《となり》あり……」

「……論語《ろんご》ですね」

「優れている人は決して、ひとりではありません。必ず慕って周りに人が集まってくるものです」

「それは、私よりも源九郎さまのほうが」

「いや、私はただの部屋住み風来坊」

呵呵《かか》と笑った源九郎の目の前をかもめがかすめて飛んでいく。その横顔を見つめながら、琴姫はうまく話を誤魔化されてしまったと苦笑するしかない。それでも、気持ちは穏やかだ。

「ひとつだけお聞かせください」

「なんだな？」

「どうして私を助けてくれたのです？」

「もちろん、姫をひと目で好きになったからです」

「……嘘でもうれしい……」

頬を染めるそのしおらしい態度をみて、源九郎は慌てて言葉を足した。

「退屈の虫が騒いだからそれを収めたかったからかもしれぬなぁ。いや、まぁ、悪人退治が手慰みのようなものでな。目の前に姫が飛び込んできた。窮鳥懐《きゅうちょうふところ》になんとやら、というやつだと思っていただければよい」

どこまで本気でいっているのか、琴姫に源九郎の真意はわからない。だが、気まぐれにしても助けてくれたことは間違いない。

「若さま……いえ、部屋住み風来坊さま」

「なんだな？」

「ありがとうございました」

ていねいにお辞儀をする琴姫に、源九郎はこちらこそ、と礼を返した。

ふたりの顔に笑みが浮かんだ。

秋晴れのなか、金毘羅船は揺れもせずに走り続けていた。

一〇〇字書評

切り取り線

姫君道中

購買動機（新聞、雑誌名を記入するか、あるいは○をつけてください）

□（　　　　　　　）の広告を見て	
□（　　　　　　　）の書評を見て	
□ 知人のすすめで	□ タイトルに惹かれて
□ カバーが良かったから	□ 内容が面白そうだから
□ 好きな作家だから	□ 好きな分野の本だから

・最近、最も感銘を受けた作品名をお書き下さい

・あなたのお好きな作家名をお書き下さい

・その他、ご要望がありましたらお書き下さい

住所	〒				
氏名		職業		年齢	
Eメール	※携帯には配信できません		新刊情報等のメール配信を 希望する・しない		

この本の感想を、編集部までお寄せいただけたらありがたく存じます。今後の企画の参考にさせていただきます。Eメールでも結構です。

いただいた「一〇〇字書評」は、新聞・雑誌等に紹介させていただくことがあります。その場合はお礼として特製図書カードを差し上げます。

前ページの原稿用紙に書評をお書きの上、切り取り、左記までお送り下さい。宛先の住所は不要です。

なお、ご記入いただいたお名前、ご住所等は、書評紹介の事前了解、謝礼のお届けのためだけに利用し、そのほかの目的のために利用することはありません。

〒一〇一−八七〇一
祥伝社文庫編集長　坂口芳和
電話　〇三（三二六五）二〇八〇

祥伝社ホームページの「ブックレビュー」からも、書き込めます。

http://www.shodensha.co.jp/bookreview/

祥伝社文庫

姫君道中《ひめぎみどうちゅう》　本所若《ほんじょわか》さま悪人退治《あくにんたいじ》

平成27年2月20日　初版第1刷発行

著　者　聖《ひじり》　龍人《りゅうと》
発行者　竹内和芳
発行所　祥伝社《しょうでんしゃ》
東京都千代田区神田神保町3-3
〒101-8701
電話　03（3265）2081（販売部）
電話　03（3265）2080（編集部）
電話　03（3265）3622（業務部）
http://www.shodensha.co.jp/

印刷所　堀内印刷
製本所　ナショナル製本
カバーフォーマットデザイン　中原達治

Printed in Japan ©2015, Ryuto Hijiri ISBN978-4-396-34096-4 C0193

祥伝社文庫の好評既刊

聖　龍人
気まぐれ用心棒　深川日記

深川に現われた摩訶不思議な素浪人・秋森伸十郎《あきもりしんじゅうろう》。奇怪な事件を、快刀乱麻に解決する！

聖　龍人
迷子と梅干　気まぐれ用心棒②

何者かが蠢《うごめ》く難事件。やる気はないのに、一気呵成にかたづける凄腕の用心棒、推参！

聖　龍人
本所若さま悪人退治

突然、本所に現れた謎の若さま、日之本《ひのもと》源九郎《げんくろう》が傍若無人の人助け！　愉快、痛快、奇々怪々の若さま活劇、ここに開幕！

喜安幸夫
隠密家族

薄幸の若君を守れ！　紀州徳川家のご落胤《らくいん》をめぐり、陰陽師の刺客と紀州藩薬込役《やくごめ》の家族との熾烈《しれつ》な闘い！

喜安幸夫
隠密家族　逆襲

若君の謀殺を阻止せよ！　紀州徳川家の隠密一家が命を賭けて、陰陽師が放つ刺客を闇に葬る！

喜安幸夫
隠密家族　攪乱《かくらん》

頼方《よりかた》を守るため、表向き鍼灸《しんきゅう》院を営む霧生院一林斎《きりゅういんいちりんさい》たち親子。鉄壁を誇った隠密の防御に、思わぬ「穴」が……。

祥伝社文庫の好評既刊

鳥羽 亮

新装版 鬼哭《きこく》の剣 介錯人《かいしやくにん》・野晒《のざらし》唐十郎①

首筋から噴出する血の音から名付けられた奥義「鬼哭の剣」。それを授かる唐十郎の、血臭漂う剣豪小説の真髄!

鳥羽 亮

新装版 妖《あやか》し陽炎《かげろう》の剣 介錯人・野晒唐十郎②

大塩平八郎の残党を名乗る盗賊団、その陰で連続する辻斬り……。小宮山《こみやま》流居合の達人・唐十郎を狙う陽炎の剣。

鳥羽 亮

新装版 妖鬼飛蝶の剣 介錯人・野晒唐十郎③

小宮山流居合の奥義・鬼哭の剣を封じる妖剣〝飛蝶の剣〟現わる! 唐十郎に秘策はあるのか!?

鳥羽 亮

新装版 双蛇《そうじゃ》の剣 介錯人・野晒唐十郎④

鞭の如くしなり、蛇の如くからみつく邪剣が、唐十郎に襲いかかる! 疾走感溢《あふ》れる、これぞ痛快時代小説。

鳥羽 亮

必殺剣「二胴《ふたつどう》」

壮絶な太刀筋、必殺剣「二胴」。父を殺され、仲間も次々と屠られる中、小野寺左内はついに怨讐《おんしゅう》の敵と!

鳥羽 亮

新装版 雷神の剣 介錯人・野晒唐十郎⑤

かつてこれほどの剛剣があっただろうか? 剣を断ち折って迫る「雷神の剣」に立ち向かう唐十郎!

祥伝社文庫の好評既刊

鳥羽　亮　新装版　**悲恋斬り**　介錯人・野晒唐十郎⑥

女の執念、武士の意地……。兄の敵討ちを依頼してきた娘とその敵の因縁とは。武士の悲哀漂う、正統派剣豪小説。

鳥羽　亮　新装版　**飛龍の剣**　介錯人・野晒唐十郎⑦

道中で襲い来る馬庭念流《まにわねんりゅう》、甲源一刀流《こうげんいっとうりゅう》、さらに謎の幻剣「飛龍の剣」が……危うし野晒唐十郎！

鳥羽　亮　**覇剣**　武蔵と柳生兵庫助

殺人剣《さつにんけん》と活人剣《かつにんけん》。時代に遅れて来た武蔵が、覇を唱えた柳生新陰流に挑む！　新・剣豪小説！

鳥羽　亮　新装版　**妖剣おぼろ返し**　介錯人・野晒唐十郎⑧

唐十郎に立ちはだかる居合術最強の敵。おぼろ返しに唐十郎の鬼哭の剣はどこまで通用するのか!?

鳥羽　亮　新装版　**鬼哭《きこく》　霞飛燕《かすみひえん》**　介錯人・野晒唐十郎⑨

同門で競い合った男が敵として帰ってきた。男の妹と恋仲であった唐十郎の胸中は――。

鳥羽　亮　**闇の用心棒**

齢のため一度は闇の稼業から足を洗った安田平兵衛《やすだへいべえ》。武者震いを酒で抑え、再び修羅へと向かった！

祥伝社文庫の好評既刊

鳥羽 亮
新装版 怨刀《おんとう》 鬼切丸《おにきりまる》 介錯人・野晒唐十郎⑩

唐十郎の叔父が斬殺され、献上刀〝鬼切丸〟が奪われた。叔父の仇討ちに立ちはだかる敵とは！

鳥羽 亮
さむらい 青雲の剣

極貧生活の母子三人、東軍流剣術研鑽《とうぐんりゅうけんじゅつけんさん》の日々の秋月信介《あきづきしんすけ》。待っていたのは父を死に追いやった藩の政争の再燃。

鳥羽 亮
地獄宿 闇の用心棒②

〝地獄宿〟と恐れられるめし屋。主は闇の殺しの差配人。ところが、地獄宿の男達が次々と殺される。狙いは!?

鳥羽 亮
悲の剣 介錯人・野晒唐十郎⑪

尊王か佐幕か？ 揺れる大藩に蠢く謎の刺客「影蝶」。その姿なき敵の罠で唐十郎は絶体絶命の危機に陥る。

鳥羽 亮
剣鬼無情 闇の用心棒③

骨までざっくりと断つ凄腕の刺客の殺しを依頼された安田平兵衛。恐るべき剣術家と宿世《すくせ》の剣を交える！

鳥羽 亮
死化粧《しにげしょう》 介錯人・野晒唐十郎⑫

闇に浮かぶ白い貌に紅をさした口許《くちもと》。秘剣下段霞《げだんがすみ》を遣う、異形の刺客・石神《いしがみ》喬四郎《きょうしろう》が唐十郎に立ちはだかる。

祥伝社文庫の好評既刊

鳥羽 亮
死恋《さむらい》の剣
浪人者に絡まれた武家娘を救った一刀流の待田恭四郎。対立する派の娘と知りながら、許されざる恋に……。

鳥羽 亮
剣狼《けんろう》 闇の用心棒④
闇の殺し人・片桐右京《かたぎりうきよう》を襲った秘剣霞落とし。破る術を見いだせず右京は窮地へ。見守る平兵衛にも危機迫る。

鳥羽 亮
必殺剣虎伏《とらぶせ》 介錯人・野晒唐十郎⑬
切腹に臨む侍が唐十郎に投げかけた謎の言葉「虎」とは何か？ 鬼哭の剣も及ばぬ必殺剣、登場！

鳥羽 亮
冥府に候 首斬り雲十郎
藩の介錯人として「首斬り」浅右衛門に学ぶ鬼塚雲十郎。その居合の剣〝横霞〟が疾る！ 迫力の剣豪小説、開幕。

鳥羽 亮
殺鬼に候 首斬り雲十郎②
秘剣を破る、二刀流の剛剣の刺客現わる！ 雲十郎は居合と介錯を融合させた新たな秘剣の修得に挑んだ。

鳥羽 亮
死地に候 首斬り雲十郎③
「怨霊」と名乗る最強の刺客が襲来。居合剣〝横霞〟、介錯剣〝縦稲妻〟の融合の剣〝十文字斬り〟で屠る！